Ana Marwan

Der Kreis des Weberknechts

Ana Marwan

Der Kreis des Weberknechts

Roman

OTTO MÜLLER VERLAG

2. Auflage
www.omvs.at
ISBN 978-3-7013-1271-9

Satz: MEDIA DESIGN: RIZNER.AT
Druck und Bindung: Florjancic Tisk
Coverbild: Tone Lapajne (akademischer Bildhauer, 1933-2011, Ljubljana, Slovenija): Njive (Felder), 1985, Erde auf Jute, 50 x 40 cm, Privatbesitz. Reproduktion: Boštjan Lapajne
Gestaltung: Leopold Fellinger

Das Zitat auf S. 18 stammt aus: Molière, Der Menschenfeind, übersetzt und herausgegeben von Hartmut Köhler, Reclam, 1993

Lipitsch dachte kurz darüber nach, dass der Flieger abstürzen könnte. Daran denkt doch jeder mal kurz, ob mit oder ohne Flugangst. Er dachte an die Berichterstattung danach: „224 Passagiere sind gestorben, darunter drei Kinder (… Und jetzt zum Wetter).“ Er dachte über die Beweggründe nach, die Kinder zu betonen. Er kam zum Schluss, es müsse daran liegen, dass man bei ihnen noch nicht sicher sein konnte, ob sie sich zu einem namenlosen erwachsenen Passagier entwickeln würden, denn es war durchaus möglich, dass einer von ihnen ein namhafter Passagier geworden wäre, dessen Tod womöglich sogar einen eigenen Artikel verlangen würde. Das war für ihn die plausibelste Erklärung. Ein Name ist viel wert auf dieser Welt, sonst geht man in der öffentlichen Wahrnehmung nur in der Gesamtsumme auf, zu der man nicht mehr als 1 beitragen kann und damit leben muss, dass beim Sterben die ‚je-höher-die-Gesamtzahl,-desto-tragischer-das-Ereignis‘-Devise gilt. Und man hat oft genug das Pech, alleine zu sterben.

Alleine zu leben, hingegen, bedeutete für Lipitsch das höchste Glück. Er lebte seit einem halben Jahr in einer Art Einsamkeit, die er vollkommen nannte. Dieser Flug in die Gesellschaft und zurück war nur eine kurze Störung, die ‚nichts zu bedeuten hatte‘, nichts zu bedeuten hätte haben sollen, störte aber deshalb nicht weniger, eher mehr – ein Sinn ist im Leben immer gefragt… Er hätte vielleicht doch lieber nicht zum Begräbnis fahren sollen; die Menschenmenge dort, die Menschenmenge hier am Flughafen … Von den Einzelnen ganz zu schweigen. Warum war er eigentlich wirklich hingefahren? Er hatte den Verstorbenen seit fünfzehn Jahren nicht mehr gesehen, und trotzdem meinte er, er musste, es wurde von ihm erwartet, und ließ dabei die Tatsache, dass er schon seit Langem unermüdlich all seine Kräfte einsetzte, darauf zu pfeifen, was die anderen von ihm erwarteten, vollkommen außer Acht. Er war nicht bereit, sich einzugestehen, dass er eigentlich schon ein wenig Angst davor hatte, von niemandem mehr erwartet zu werden; nicht bereit zuzugeben, dass er diese Gelegenheit ergriffen hatte, um sich zeigen zu können, ja zu müssen, um nicht vollkommen vergessen zu werden. Aber so war es, seien wir uns ehrlich: Das Gedenken an einen anderen hatte er sich zu Nutze gemacht. Die Einsamkeit, die er anstrebte, war als ewig gar nicht so begehrenswert – nur als einen vorübergehenden Zustand wollte er sie für immer beibehalten.

Kurz vor dem Begräbnis zeigte sich Gerda am Boden zerstört, sie weinte und weinte. Als sie ihm die Hände entgegenstreckte und ihn anschaute, um ihm ihre kostbaren Tränen zu zeigen, kleine Perlen, Statussymbole, die ihren inneren Reichtum zum Ausdruck brachten, das innere Leben im Überfluss, das sowohl symbolisch als auch wortwörtlich hinüberfloss, hätte er ihr am liebsten eine Ohrfeige gegeben, verkniff es sich aber, nicht nur, weil es unmöglich war, sondern auch, weil er es für mehr als wahrscheinlich hielt, dass sie ihm im Genuss ihres Leidens einfach auch noch die andere Wange hingehalten hätte.

Aber so weinen durfte man nicht, wenn man nach, lass uns sagen, Gottes Willen, ein Spielzeug während unser Nächster gleichzeitig ein Bein verloren hatte. Mitleiden hätte sie müssen statt leiden, entschied Lipitsch, der kein Mitleid hatte, und wenn er es schon theoretisch hätte haben können, wurde es angesichts der Tränen auf einem Gesicht immer vertrieben, Tränen waren inakzeptabel wie Ohrfeigen, hatte er ja von der Mutter gelernt, und außerdem waren sie geschmacklos, hatte er von dem Kunstprofessor Herrn Doktor Schmidt gelernt. Gerda hingegen hatte in ihrem ganzen Leben nichts gelernt, sie musste nichts lernen, weil es nie Konsequenzen gegeben hatte. Ohrfeigen waren nicht vergeben worden, und alle anderen Folgen sah sie als von ihr unabhängige Entwicklungen in der Zeit. So wenig Selbstbezogenheit bei der Schuldzuweisung war schon überraschend bei einer Person zu beobachten, die ausschließlich nur sich selbst sah, aber sie sah sich halt nur zu – dem armen schönen Ding im Sturm des Lebens. Damit war auch Lipitsch einverstanden: Sie war ein armes, schönes Ding.
Gerda hingegen mochte Lipitsch durchaus gern, weil er sie einmal geliebt hatte. Sie vertraute ihm später

am Abend an, ganz leise, dass sie der Verstorbene um eine Kleinigkeit, einen kleinen Gefallen, gebeten hatte, sie dann immer wieder höflich daran erinnert hatte, es war ihm sichtlich unangenehm gewesen, wiederholt bitten zu müssen, und sie hatte ihm jedes Mal versichert, sie würde es sobald wie möglich für ihn erledigen. Das unverbindliche ‚sobald wie möglich'; manchmal auch ‚sobald als möglich', als ob es sogar noch ein wenig früher als möglich möglich wäre. Nein, es ist ganz egal, worum es ging, es tut nichts zur Sache, es ist belanglos und jetzt in diesen schwierigen Zeiten war nicht die Zeit, auf Belanglosigkeiten einzugehen. Wie dem auch sei, sie hatte es jetzt getan, natürlich, es war eine Art Ritual, ihr ganz privates Begräbnis, eine Gewissensreinigung, aber es nagte immer noch an ihr, manchmal so sehr, dass sie weinen musste. Sie wusste, es würde mit der Zeit besser werden, Zeit hat keinen Respekt vor Wunden. Und sie musste auch ehrlicherweise zugeben, dass es ein wenig half, dass Leute das verspätete Erfüllen ihres Versprechens einstimmig als ‚eine schöne Geste' beschrieben.

Lipitschs Gefühle waren gemischt. Er war weder bereit, das eine schöne Geste zu nennen, noch war er bereit, Gerda zu trösten. Er konnte sie jedoch verstehen, das war auch schon etwas. Der Mann ist tot, es lebe das schlechte Gewissen! Er hatte seine eigenen Erfahrungen damit gemacht (Lipitschs Vorstellungsvermögen war begrenzt, er konnte nur Dinge verstehen, mit denen er selbst schon Erfahrungen gemacht hatte). Aber ja, man verschiebt Dinge. Man tut sie nicht gleich, weil man gerade viel um die Ohren hat und Besseres zu tun, und außerdem glaubt man nicht, dass etwas wirklich Schlimmes, etwas Unwiderrufliches passiert, obwohl man gerne als pessimistisch und negativ beschrieben wird, aber das ist nicht zwangsläufig ein Widerspruch, weil ein wirklich negativer Mensch immer der Meinung ist, dass die Scheiße, in der er steckt, unmöglich tiefer sein könnte, also kann alles nur besser werden. Und dann tut man Dinge, die man verschoben hatte, wenn es schon zu spät ist, und man könnte sich das Ganze eigentlich ruhig sparen, aber man tut es trotzdem, um das schlechte Gewissen zu stillen. Vorher hat der Mann mit seinen Bitten an einem genagt, danach das schlechte Gewissen. Lipitsch persönlich hatten die verspäteten Wiedergutmachungen immer gut geholfen: Das schlechte Gewissen gestillt, die Brust schnell entzogen.

„Schreib mir", sagte sie ihm beim Abschied. „Wirst du mir schreiben?" fragte sie gleich danach, sinnlos, denn Lipitsch hatte schon genickt gehabt, aber ein Kopfnicken alleine ist meistens nicht Versprechen genug, um ein schlechtes Gewissen beim Brechen dessen hervorzurufen, sie wollte ihn zwingen zu sprechen – je mehr Zeit, in Worten gemessen, dem Anliegen gewidmet wird, desto schlechter das Gewissen, das dann zur Erfüllung drängt, dachte sie,

und obwohl sie im Moment die Macht des schlechten Gewissens ziemlich überschätzte, war es Lipitsch unangenehm genug, er sprach ausschweifend, versprach sich einige Male, wie immer, wenn er die Wahrheit vermied, schaffte es aber trotzdem, letztendlich nichts zu versprechen.
„Ich schreibe wirklich rund um die Uhr an meinem Werk“, schloss er ab.
„Ach ja, wie kommt dein Ding voran?“ mischte sich Christoph ein, der in der Nähe gestanden war.
Christoph hörte immer zu, wenn Leute leise redeten, nur die leise Redenden interessierten ihn, nur was nicht für seine Ohren bestimmt war, interessierte ihn, und er gab das mit seinem Einmischen auch ganz ungeniert zu.
„Mein Ding … kommt gut voran.“
„Worum geht's?“
„Es ist sehr komplex. Es ist eine ontologische Theorie. Also allumfassend. Also schwer zusammenzufassen.“
Christophs Achtung konnte nur im Ungewissen bestehen, und da hielt ihn Lipitsch immer gerne.
„Allumfassend! Das ist aber nicht gerade bescheiden …“
„Nein, ist es nicht“, nahm Lipitsch das Kompliment an.

Eitelkeit zeigte sich in kurzen, aber regelmäßigen Blitzen hier und da sogar angesichts des Todes schamlos. Hier als Neid, da als goldener Ohrring. So ist halt das Leben – eitel. Man kann nichts dafür. Lipitsch legte seine Hand auf Gerdas, die die Zärtlichkeit als Trost, mit Tränen und Worten bitter verdienten Trost dankbar entgegennahm, und es war für sie aus ihrer Tiefe heraus unmöglich zu erkennen, dass die verbindende Geste einfach nur dazu diente, Christoph auszuschließen.

*

„Worte, Worte, etc. …“ Sie nahmen kein Ende. Menschen scheinen sich mit dem Reden immer vom Denken ablenken zu müssen, stellte Lipitsch fest; und in jedem Wort, das er während seiner kurzen Reise hörte, fand er eine weitere Berechtigung für seine Abgeschiedenheit, deren warme Umarmung er kaum erwarten konnte.

Es waren also die Worte, die das Warten am Flughafen nur noch schwerer zu ertragen machten. Ja, Lipitsch hasste Wartesäle wie sonst keinen anderen Raum. Warten an sich ist schon schlimm, in einem Wartesaal zu warten, ist tausendmal schlimmer. Man versucht zu lesen, aber die Wortflüsse strömen aus allen Mündern und münden in einen Lesenden. Ja, wenn man einen Menschen hat, darf man lauter werden, lauter wirres Zeug reden und stören, wenn man nur ein Buch hat, das zum freien Erwerb jedem offen steht, muss man still sein und darf gestört werden. Laut lesen ist natürlich gesellschaftlich unakzeptabel, man wird als gestört abgestempelt, obwohl das Mitgeteilte gut formuliert und von Profis auf Fehler überprüft worden ist, mein Gott.

Immerhin durfte sich Lipitsch unter Fremden, die sich wieder einmal großzügiger als seine Freunde erwiesen, gänzlich abschalten. Mutter Natur hatte uns zwar die Möglichkeit, die Ohren zu schließen, verwehrt, was man ihr aber nicht vorwerfen möchte, sicherlich hatte sie es gut mit uns gemeint. Es mag einmal, als wir als Menschheit noch jung waren, gefährlich gewesen sein, Signale aus der Umgebung zu überhören; aber es sind so viele unnötig geworden, dass wir später bei Vater Gott um die Geduld bitten mussten. Lipitsch, der kleine Rebell, benutzte hingegen einfach Ohropax. In der Tat eine schöne Erfindung, die unsere sichere Gesellschaft bitter nötig hat – nachdem man sich die Ohren verstopft hat, muss man nur noch den inneren Frieden finden, der natürlich auch allzu häufig von anderen Menschen gestört wird, die jedoch in diesem Fall dafür noch weniger als sonst zur Rede gestellt werden können, aber auf sich alleine gestellt wollte ja Lipitsch schon immer sein, vom Reden, von dem er sowieso kein Fan war, ganz zu schweigen.

*

Nachdem sein Flieger glücklich gelandet war, war das, aller Flugangst davor zum Trotz, für Lipitsch auf

einmal selbstverständlich – ein üblicher Ablauf, kein Glücksfall. Nichts, worüber man sich sonderlich freuen sollte. Während er auf den Zug wartete, der ihn vom Flughafen nach Hause bringen sollte, hörte er plötzlich seine Adresse:
„Lindenstraße 8?"
Sie endete mit einem Fragezeichen, das ihn dazu zwang, die Adresse zu bestätigen. „Ja?" sagte er, ebenfalls mit einem Fragezeichen – es war keine einwandfreie Bestätigung, und blickte nach links, zur Quelle der weiblichen Stimme.
„Was für ein Zufall, ich wohne in der Lindenstraße 9! Das ist ja gleich gegenüber!"
„Woher wissen Sie meine Adresse?"
„Sie steht auf Ihrem Koffer."
Ach ja, sie stand auf seinem Koffer.
„Ich kann mich nicht erinnern, Sie jemals gesehen zu haben! Das ist ja witzig…", meinte die Frau.
Lipitsch seinerseits war nicht belustigt. Er erkannte sofort die Tragweite dieses ‚Zufalls'.
„Ja, die Welt ist bekannterweise ein Dorf", sagte er gleich, um sie zu stoppen.
„Wo waren Sie denn?" fuhr sie fort, zweifellos in der Hoffnung, den sogenannten Zufall noch größer aufblasen zu können.

Lipitsch war nicht bereit, den Vorfall als Zufall zu sehen. Man könnte das höchstens in dem Fall als Zufall bezeichnen, wenn sie sich schon vorher gekannt hätten. Ein Zufall ist weit mehr als nur ein Zusammentreffen von zwei gleichen, und in diesem Fall nicht einmal gleichen, sondern ähnlichen Attributen am gleichen Platz. Oder? Aber es war ihm bewusst, dass der gesellschaftliche Vertrag diese Art von Interaktion erlaubte. Wenn ihn diese Frau auf der Lindenstraße aus seinem Haus kommen sehen würde, dürfte sie nie im Leben sagen „O, Sie wohnen auch in der Lindenstraße, ich auch, was für ein Zufall!" Je weiter man sich von der Lindenstraße wegbewegte, desto mehr Recht hatte sie dazu. Und in beispielsweise Alaska wäre sogar schon genug gewesen, dass er aus Österreich kam, um sich den Fragen stellen zu müssen, was er bloß da tat.

Er wusste nicht, wie viel davon er laut gesagt hatte, er hoffte doch nichts, vielleicht war es ein Zufall, dass sie auf seine Gedanken erwiderte:
„Es ist halt wahrscheinlicher, dass wir uns auf der Lindenstraße über den Weg gelaufen wären als hier."

Dem konnte er nicht widersprechen, es war in der Tat wahrscheinlicher. Es war regelrecht unwahrscheinlich, sich ein ganzes halbes Jahr nicht getroffen zu haben, wenn er auch immer Scheuklappen aufgesetzt hatte. Man, vor allem, wenn man mit Lipitschs Eitelkeit gestraft ist, soll die Möglichkeit nicht außer Acht lassen, dass sie nur so tat, als ob man ihr bisher nie aufgefallen war. Sein Gesicht war sicherlich nicht ‚eins dieser Gesichter'… War das hier also ein Zufall oder nicht? ‚Zufall definieren', machte er einen mentalen Eintrag auf seiner *to-do-Liste*, denn im Moment gab es Wichtigeres zu tun: Er musste auf jeden Fall, koste es, was es wolle, verhindern, dass ihn diese Frau mit einem Faden einzuwickeln begann. Er kannte sich mit Frauen aus, diese eine schaute so aus, als ob sie ein ganzes Netz parat hätte. Darüber hinaus wusste er, was für eine lächerlich große Rolle Frauen Zufällen beimessen: Sie deuten sie in der Regel als Abglanz einer Transzendenz, meist mit den Worten ‚Zeichen' oder sogar ‚Schicksal'. Ein einfacher Mann muss schon alle seine Kräfte sammeln, um dem Schicksal die Stirn zu bieten…

Die kleinen erbärmlichen Dämme, die er biberartig ihrem Redefluss entgegensetzte, bemerkte sie gar nicht. Entgegnungen jeglicher Art waren ihr anscheinend recht. Sie plätscherte wie ein Bächlein, fröhlich sprang sie über alles Mögliche und sie mochte auch seinen Koffer, er sei *chic* gewesen und an der schönen Patina, die das offensichtlich häufige Reisen auf ihm hinterlassen hatte, fand sie gleichfalls Gefallen: Diese zeugte ihrer Meinung nach von einem erfahrenen Koffer mit Charakter, und sie verstand die Leute nicht, die ihre schon sowieso hässlichen Plastikkoffer mit noch mehr Hässlichkeit und Plastik versehen, indem sie sie in eine Plastikfolie einwickeln lassen, konnte er diesen Vorgang nachvollziehen? Ein Koffer ist nur dafür da, um den Inhalt zu schützen, es ist nur ein weiterer Ausdruck unserer oberflächlichen Gesellschaft, dass die Hülle überbewertet und genauso sorgfältig geschützt wird, aber, ach, „unser (!) Zug ist da, kommen Sie?“

Und der Zug war fast leer, es gab keine einsamen, das heißt *vereinzelt freien* Plätze, also mussten sie zusammensitzen, gegenüber, und sie spann wieder, und er wälzte sich in ihrem Netz, ohne entkommen zu können. Und man konnte sich dann das Taxi teilen, wie praktisch, vor allem, wenn man sich dann die Rechnung nicht teilen musste, weil sie Lipitsch (von Haus aus und weil er nicht gerne teilte) alleine beglich, und dann sagte sie einmal „Danke“ und einmal „Vielen lieben Dank“, was er überhaupt nicht ausstehen konnte, und dann sagte sie zum Schluss noch „Auf Wiedersehen“, und dann sprach sie gleich danach noch klarer ihre Drohung aus: „Wir sehen uns bestimmt wieder“, und lächelte bedrohlich, bis sie in ihrem Haus verschwunden war.

*

Lipitsch verglich sich in seiner Vorstellung gerne mit einem einsamen Wolf. Wenn man jedoch nicht die gleiche Großzügigkeit, mit der man sich selbst betrachtet, für Lipitsch aufbringen kann, würde man ihn eher einen Einsiedlerkrebs nennen. Auch war sein neues Haus nicht sein eigenes.

Dreimal davor hatte er schon vergeblich versucht, das alte Haus auszutauschen, zu entfliehen, erst beim vierten Mal gelang es ihm. Zu seinem Glück war ihm anfangs nicht bewusst, dass seine Handlungen Fluchtversuche waren, und so hatte ihn das Scheitern nicht gedemütigt. Dann aber erfuhr er etwas über Hummer.

„Heute aß ich zu Abend in einem Restaurant. Im Aquarium vorne beim Eingang sah ich drei Hummer. Sie stimmten mich nachdenklich. Sie wurden am Leben gehalten, damit ihr Tod in der nächsten Stunde vor Kurzem und nicht schon eine Weile her passiert sein wird. Nur ein frischer Tod ist etwas wert… Dann aber bemerkte ich, wie einer von ihnen versuchte, aus dem Gefäß hinauszuklettern. Er hing schon etwas über dem Rand. Ich wunderte mich, dass das Aquarium nicht höher bzw. zugedeckt war. Ich sah mich fast schon gezwungen, die Entscheidung zu treffen, ob ich den Kellner auf diesen Fluchtversuch aufmerksam machen sollte oder nicht. Im nächsten Moment schon aber wurde der Hummer am Schwanz von seinen Kameraden zurückgezogen“,

schrieb Lipitsch kurz danach in sein Tagebuch unter dem Titel *Der Augenblick der Klarheit*. Unter der Beschreibung des Ereignisses machte er einen Strich, und unter den Strich schrieb er noch:

„Alceste:
Von allen Seiten verraten, mit Unrecht überhäuft,
verlasse ich einen Abgrund,
in dem Laster triumphieren,
und suche auf der Erde nach einem entlegenen Ort,
wo man die Freiheit hat, als Mann von Ehre zu leben.

Philinte:
Kommen Sie, meine Verehrte,
wir müssen alles versuchen,
um ihn von dem, was er sich da vorgenommen hat,
abzubringen."

Lipitsch war nicht wirklich in einem Restaurant gewesen, er hatte darüber gelesen und log, er log in seinem Tagebuch, und als ob das nicht genug gewesen wäre, betitelte er seine Einträge auch noch. Und schrieb „ich aß zu Abend" statt „ich war Abendessen". Seine Tierbücher hingegen versteckte er sorgfältig, sodass darüber im Tagebuch nichts zu finden war, obwohl er täglich in ihnen las. Seine Absichten waren dabei jedenfalls rein literarisch: Jedes Tier war für ihn eine Metapher, ein Vergleich oder aber eine Antithese, die durch ihre Verkörperung im Tier dem Menschen zur Erkenntnis über sich selbst verhelfen sollten. Also war die Evolution von einem Hummer zu einem Einsiedlerkrebs nicht im Geringsten lächerlich.

Alle anderen Tiere boten ihm bis dahin klitzekleine Wahrheiten an, Bruchstücke der Wahrheit; nachdem aber Lipitsch die dunkle Seite der Hummer entdeckt hatte, wurde ihm plötzlich alles klar. Alles fügte sich. 40 Jahre lang war er verblendet gewesen, 40 Jahre hatte er gebraucht, um zu sehen, dass das, was der Mensch schuf, schlecht war. Alles war Windhauch und Luftgespinst.

Es kam ihm plötzlich auch vor, als ob jede Erfahrung, die er bis dahin gemacht hatte, ein Zeichen für seine wahre Bestimmung gewesen war. Allzu lange hatte er alle von Gott gegebenen, er meinte *natürlichen*, Prädispositionen missachtet und dafür eine gerechte Strafe erlitten, die er sein ganzes Leben über sich ergehen lassen musste. Er erinnerte sich, dass aufgrund seiner Prädispositionen seine Mutter, als er noch ganz klein war, eines Tages sogar ärztliche Hilfe aufgesucht hatte:

„Schauen Sie, wie er schaut, mit diesen Augen, man sieht nichts in ihnen, wie bei einem Vogel!“

Er konnte sich noch ganz genau daran erinnern, wie ihn der Vergleich mit einem Vogel erschüttert hatte. Nicht, weil er eine besondere Einstellung zu den

Augen eines Vogels gehabt hätte, nein, da wusste er nicht einmal, was die Mutter damit gemeint hatte; es war vielmehr die Art, in der sie über ihn sprach, als ob er nicht ihr Sohn gewesen wäre, sondern ein Vogel, der die menschliche Sprache nicht verstand. Seine Erschütterung äußerte er jedoch offenbar nicht, denn der Arzt schien die Mutter zu verstehen. Er führte einige Tests durch und stellte letztendlich fest, dass die Gesichtsausdruckslosigkeit *nicht* auf Dämlichkeit zurückzuführen war.

Und so war, obwohl seine Ergebnisse immer nur im Durchschnittsbereich lagen, in der Schule seine Intelligenz von den Lehrern in der Regel höher gepriesen als die seiner Mitschüler, deren Gesichtsausdrücke auch nicht vom Durchschnitt abwichen, nur um Missverständnisse zu vermeiden, nur um immer wieder klar zu stellen, dass er nicht für dämlich gehalten werden durfte. Er galt in Folge dessen als ernst und reif. Er suchte keine Freundschaften und war in Folge dessen beliebt. Er wurde am Schwanz hineingezogen und lernte, dabei zu lächeln.

Denn schnell kamen allerlei Anforderungen: Was würde es ihn beispielsweise kosten, einmal die Mundwinkel kurz hinaufzuziehen, um einen Witz als solchen anzuerkennen, wenn man sich schon die Mühe gab, ihn ihm zu erzählen, war er sich etwa zu gut dafür? Ja, so ging das. Seine Ohren waren ihnen nicht genug, sie wollten auch seine Mundwinkel. Er bot den Finger an, sie wollten den ganzen Arm, und bald gehörte er ganz ihnen, und er bekannte sich dazu und schrieb sogar von selbst auf die Postkarten, die auch von ihm erwartet wurden: ‚*Euer Karl*'.

So etwas konnte jetzt nicht mehr passieren. Er hatte aufgehört, sich zu fügen, hörte nur auf sich und gehörte nur noch sich selbst. Mit seinem Schwanz war er fest im Häuschen verankert, und niemand außer ihm durfte hereinkommen.

*

*Od rojstva se zavijaš v tisočero niti, pa nikoli ne boš metulj**
(Mila Kačič)

Das Lesen von Poesie, das unmittelbar vor seinem Rückzug aus der Gesellschaft nach Jahren wieder aufgenommen worden war, hätte sicherlich als Symptom für die Ungereimtheiten in Lipitschs Leben gesehen werden können. Gleichzeitig half es ihm. Das ist übrigens eine schöne Ausnahme, denn es gibt nicht viele Symptome, die gleichzeitig auch Heilmittel sind, aber so ist halt Poesie: in der Regel eine Ausnahme, unter anderem auch, weil sie strikte Regeln im Auf-

* Von Geburt an wickelst Du Dich in tausend Fäden ein, aber Du wirst nie ein Schmetterling werden

bau des Sinnes befolgt und nicht sinnlos in der Gegend herumirrt wie ein kopfloses Huhn um den heißen Brei.

„Wenn ich nicht auf eine Verwandlung hoffen darf, brauche ich auch die Fäden nicht“, stellte also Lipitsch in Folge seiner Lektüre einige Nächte, bevor er die große Entscheidung traf, fest und fing an, die Fäden, die ihn einwickelten, genau zu zählen. Das hielt ihn wach – es ist bei Gott nicht egal, was man vor dem Einschlafen zählt. Er hatte bis hundert gezählt. Eine schöne runde Zahl, obwohl nicht gerade tausend, wobei tausend sicher metonymisch gemeint wurde, *totum pro parte*, es ging schließlich um ein Gedicht, das weder biologisch noch mathematisch akkurat sein muss, sein soll, um zu berühren, wir wissen alle, dass nur die Lüge berührt, während die Wahrheit, die stärker ist, gleich zerschmettert.

Wenn er sich den einen Faden aus den hundert aussuchen müsste, der ihn am meisten störte, würde er den nennen, der ihn an sich selbst fesselte, beziehungsweise an den, der er gestern und am Tag davor gewesen war. Wie kann man das fremde Verlangen nach Konsistenz mit dem eigenen Wunsch nach Veränderung in Einklang bringen? Indem man sich graduell verändert, würde man sagen, und hoffen, dass sich Lipitsch graduell damit, wie er war, abgefunden hat.

„Ich werde mich nicht abfinden!" stieß er einen Schrei aus, der aber die Grenzen, die Lipitsch von seiner Umgebung trennten, nicht überschritt. Seine Wut, obwohl ausschließlich innerlich, war in ihm für die nächsten paar Minuten vollkommen veräußerlicht, begrenzt auf die körperlichen Anzeichen der Wut. In seinem Inneren schmiss er Dinge gegen die Wand, streckte den Arm aus und warf alles vom Schreibtisch auf den Boden und/oder stampfte mit dem Fuß. Das hatte er sich schon in der zartesten Kindheit von seinen Eltern abgeschaut. Man muss durch Beobachten lernen, wütend zu sein – so wie alles andere.

Die Tatsache, dass er Gelerntes so selten zeigte, galt schon früh, gleich nach der ärztlichen Bestätigung seiner Normalität, als Folge seiner Faulheit. Er nahm dies hin, beeinflusst von seiner Großmutter, die in ihrer Großmutterliebe bei ihm keine anderen Mängel feststellen wollte als diesen einen, den man mit ‚Willen und harter Arbeit' beheben kann. Er, nicht ganz bereit, gleich alle ihre Überzeugungen zu übernehmen, erkannte den Widerspruch in dieser Aussage und behielt lange Zeit seine eigene Meinung, nämlich dass Faulheit (genauso wie beispielsweise Dummheit) unbehebbarer Mangel und unwiderrufliches Recht ist, und prahlte oft, vor allem vor Frauen, damit, dass ihn in der Jugend alle für ‚intelligent, aber faul' gehalten hatten. Was für den einen schon faul ist, kann jedoch für den anderen manchmal genau richtig reif sein. Jedenfalls konnte man, als Lipitschs Fluchtvorbereitungen kurz danach in Gang gesetzt wurden, keinesfalls einen Mangel an Fleiß beobachten.

*

Jetzt lag Lipitsch also in einem anderen Bett, eingewickelt in drei Leintücher, und fühlte sich in diesem Kokon geborgen. Er zählte jetzt nichts mehr. Von der Wand gegenüber starrten ihn die eingerahmten Schmetterlinge an, aber er brachte sie nicht in Verbindung mit seinem Lieblingssatz. Alles war still und gut. Die Flammen im Kamin flatterten, sonst war alles regungslos wie die Schmetterlinge.

Er mochte sie übrigens sehr, diese Schmetterlinge, die gegen seinen Geschmack von früher revoltierten. Manche fehlten, was man an der unregelmäßigen Verteilung sowie an den staubigen Rändern der leeren Stellen erkannte, und er nahm (wahrscheinlich zu Recht) an, dass es die schönen waren, die fehlten. Das gefiel ihm. Das war eine Weise, vielleicht die einzige, auf die Schönheit für ihn wahrnehmbar war – durch ihre Spuren.

Sonst war er überfordert und verkannte sie, die Schönheit. Der Apfelbaum in seinem Garten, zum Beispiel, störte ihn anfangs ungemein. Er wäre beinahe der Grund gewesen, das Haus nicht zu mieten. Als Lipitsch es zum ersten Mal besichtigte, machte der Baum zu seiner Begrüßung einen wilden Freudentanz mitten im Garten und verstreute weißes Konfetti. Er lud aufdringlich dazu ein, ihn zu genießen, an ihm teilzunehmen. Lipitsch beugte sich der höheren Macht, näherte sich langsam dem Baum und schaute in die weiße Baumkrone hinauf, sog die Weißheit aus den Blüten und das Blaue aus dem Himmel ein. Wie schon so oft davor musste er dabei feststellen, dass seine Gefühle, ganz zu schweigen vom Äußern derer, der Schönheit nicht angemessen waren. Und in diesem besonderen Fall des Schönen konnte auch der übliche Trost, dass alles gleich vorbei sein würde, keine Linderung verschaffen. Denn bald würden die Früchte kommen. Diese reife Schönheit zu verdauen wird erst ein unerfreuliches Unterfangen. Es wird viel vergeudet hier, das sah er gleich. Es wird schlechtes Gewissen geben …

Als er jedoch das Haus selbst gesehen hatte, wurde sofort klar, dass dessen Vorteile überwogen. Den Baum konnte man immer fällen und durch einen beständigeren, zum Beispiel eine Tanne, ersetzen. Im Vorzimmer und im Schlafzimmer hingen also Schmetterlinge. Im Wohnzimmer hingen Gobelins. Diese betörten ihn süßlich, versetzten ihn in eine Art Ekstase, und er wünschte sich plötzlich rachsüchtig, dass seine alten Freunde sie sehen würden. Sie wären so schön empört! Es war ihm, als ob er sich an ihrem banalen Altar für verschiedenste willkürlich ausgewählte Dinge erleichtert hätte.

Er erinnerte sich noch:
„Ach so, einen neuen Sessel hast du dir besorgt? Was ist das für einer? Ach so, noch nie gehört. Aber sieht nicht übel aus. Einen Chesterton hast du nicht, oder? So einen hätte ich gern, das wäre mein Traumsessel. Christoph hat ihn. Bei all den Fehlern, die er hat, einen Mangel an Geschmack kann man ihm nicht vorwerfen. Aber er hat auch die Mittel dazu. Er spielt halt in einer anderen Liga als wir… Wie viel?! Die haben dich aber gewaltig über den Tisch gezogen! Bei so einer *no-name*-Marke… Na ja, du hast es dir eh nett eingerichtet… Gemütlich und so."

Die Genugtuung angesichts seines neuen Besitzes verging samt des Wunsches, sie zu zeigen, jedoch schnell — die Wohnung wurde zur Gewohnheit. Jetzt stand er ohne Schmunzeln auf, als ob sein Bett nicht tief wie ein Sarg wäre, duschte sich, machte Kaffee, zehn Liegestütze, zehn Kniebeugen und schrieb bis Mittag. Dann ging er essen, danach spazieren, dann schrieb er bis acht Uhr abends, nach acht starrte er in die Leere oder las. Er konnte und wollte nichts ändern. Die Gewohnheit ist ein eisernes Hemd, pflegte seine Mutter zu sagen, und recht hatte sie. Aber er fühlte sich in seinen Gewohnheiten nicht gefangen oder unbeweglich, sondern geschützt. Ritterlich ausgerüstet. Unbequem schon, das schon. Unbequem fühlte er sich immer, aber das verband er mit seinem Körper, nicht mit dem Hemd. Das Essen im Gasthaus war doch etwas üppig.

Es gab natürlich ab und zu Momente, in denen er eine große Leere spürte. Manchmal wusste er nicht genau, ob er von ihr umschlungen wurde, oder war sie in ihm. Jedes Mal jedoch, wenn er einen Ausflug unter Menschen unternahm, sehnte er sich nach ihr, als ob sie ganz eindeutig etwas Gutes wäre. Er konnte nicht schnell genug zu ihr zurückkommen.

*

‚Sabbatical' war das magische Wort, das ihm damals endlich die Fluchttür geöffnet hatte. Das war ein Wort, das jeder verstehen konnte, und wofür auch jeder Verständnis hatte. Er wollte an seiner Theorie arbeiten, also war es nicht wirklich beneidenswert, außerdem zeitlich begrenzt, und wir wissen alle, wie schnell man, wenn man zurück ist, wieder in den alten Trott fällt, und wie schnell es so ist, ‚als ob man gar nicht weg gewesen wäre'. Er hatte sich damals für den Einfall dieser Ausrede herzlich gratuliert, jetzt aber arbeitete er wirklich an seinem Buch.

Warum, eigentlich?

Wenn man Lipitsch selbst nach seinen Beweggründen fragen würde, würde man ihn in Verlegenheit bringen. Gut, dass es keinen gab, der Fragen stellte. Lipitsch hatte sich nämlich schon immer geweigert, seine Eitelkeit zuzugeben. Und wurzelt der Drang zu schreiben jemals anderswo als in Eitelkeit? Beweist man nicht dadurch schamlos zu glauben, etwas mitzuteilen zu haben, womit sich ein Mitmensch stundenlang beschäftigen soll, ungeachtet der Tatsache, dass er sich im Laufe dieser Beschäftigung seinem Lebensende nähert? Denn natürlich glaubt jeder Schreibende an einen Leser. An mehrere Leser, sogar. Und wie kann man als ein einsamer Wolf, der nur bereit ist, den Menschen entweder den Rücken oder die Zähne zu zeigen, nach einem Leser verlangen?

Und wenn er doch ein Publikum hätte, was würde er von ihm wollen?

Lob im Einzelnen und Ruhm im Allgemeinen. Das ist die einzig richtige Antwort.

Von Freunden bekommt man aber kein Lob für Verdienste, höchstens für Gekauftes, und auch das nur halbherzig, das weiß doch jeder Anfänger, man muss gar kein geübter Menschenhasser sein, um darauf zu kommen.

Wie kommt man zu Ruhm im Allgemeinen? Das ist zufällig, bzw., wenn man doch die Großzügigkeit besitzt, eine richtende Instanz anzuerkennen – willkürlich.

Lipitsch erinnerte sich gut an den Fall von Tschapka, den Freund seiner Mutter. Das war ein unendlicher Sturz in die Tiefe, die seiner Kunst nicht behilflich sein konnte, denn es war ein Sturz samt Kunst. Der Mann fing hoch an, das heißt in der Blüte seiner Jugend, und fiel dann wie ein Apfel mit einer konstanten Beschleunigung Richtung Erde. Er galt in der Schule und auf der Akademie als begabt, verkaufte dann aber kein einziges Bild. Er wollte den Preis nicht senken, das würde ja den Wert senken! Nachdem sein Atelier von Leinwänden überlief, schenkte er sie zu verschiedensten Anlässen seinen Freunden. Sie freuten sich nicht; als gescheiterter Künstler galt er nämlich schon seit seiner ersten Ausstellung.
Muss man das scheußliche Ding aufhängen? Sowas könnten wir auch malen, das sieht nach nix aus.
Es war aber doch ein Apfel.
Tschapka tobte: Und Rothko, der ist gut, oder? Einer der Besten, nicht wahr? Und was genau kann er, bitte schön? Nur Quadrate kann er malen, und keine besonders guten!
Tschapka soll aber wissen: Kunst ist mehr, als nur gerade Linien zu ziehen und nicht über die Linie zu malen.

Tschapka tobte. Das wagen wir ihm zu sagen? Er ist ja ein studierter Künstler, Prof. Dr. Schmidt nannte ihn den neuen Picasso! Und wissen wir alle überhaupt, wie Picasso seine Rechnungen beglich? Er kritzelte irgendetwas auf die Rückseite der Rechnung, meistens ein zweidimensionales Tier, und das war es. Der Wirt wusste, er machte fetten Profit. Und ist uns klar, warum? Nein, er erkannte nicht sein Talent, er erkannte nicht einmal das Tier, sein Gesicht erkannte er, verstehen wir? Es war ihm, dem Wirt, egal, was für ein Gekritzel er bekam, es war ihm bewusst, er hatte darüber nicht zu urteilen, die Kunst war nicht sein Metier, so wie es auch nicht unseres ist, Tschapkas ist es aber schon und auch das des Prof. Dr. Schmidt!
Tschapka, tobend, merkte nicht, dass seine Freunde sich eigentlich in Bezug auf Rothko ohnehin so verhielten wie der Wirt zu Picasso, Tschapka konnte man es einfach nicht recht machen.

Der kleine Lipitsch fand den Mann unangenehm, unhöflich und überspannt. Der Apfel schaute wirklich nicht wie ein Apfel aus.
Der mittelgroße Lipitsch fragte sich: Wahrlich, was hinderte diesen außergewöhnlichen Apfel daran, woanders zu hängen als im Wohnzimmer seiner Eltern?
Der große Lipitsch fragte sich ab und zu nur, ob ihn nicht das gleiche Schicksal erwartete …

Aber nicht doch, bei ihm war es doch umgekehrt, der Hass war zuerst da, er hatte ihm einiges voraus, er fing sozusagen dort an, wo Tschapka aufgab. Er wollte gar kein Lob, ich bitte Sie, er wollte Rache. Also beabsichtigte er mit einer halb philosophischen, halb zoologischen Abhandlung, der Menschheit die Wahrheit ins Gesicht zu sagen.

Wenn er daran dachte, wie es sein würde, wenn sein Buch herauskommt, rechnete Lipitsch mit einem allgemeinen Erfolg. Der Erfolg war fix. (Was nützte Phantasie, wenn sie sich der Realität gänzlich anpassen müsste?) Was auch fix war (was nützte Phantasie, wenn sie im Realen nicht bestünde?), war, dass Christoph sich das Buch anschauen und meinen würde: so groß geschrieben, Schriftgröße mindestens 13, wenn nicht 14, die Ränder sind lächerlich, 3–4 cm, wo hat man schon mal solche Ränder gesehen! Trotzdem nur 200 Seiten. Er würde der positiven Kritik der Kritiker liebend gerne zustimmen, leider weiß er, dass er bessere Aufsätze in der Schule geschrieben hatte als Lipitsch, der immer etwas langsam im Kopf gewesen war, er hatte alles dank seines Bisses geschafft, das ist das Einzige, was man zum Uniabschluss sowie zum Erfolg braucht: Biss. Um ein Buch zu schreiben, braucht man sicherlich viel Selbstdisziplin, wobei man für 200, bzw., seien wir uns ehrlich, höchstens 150 normale Seiten viel weniger Biss braucht als für 400, geschweige denn 750 oder gar

1200 Seiten. Aber er hat ihn bewiesen. Leider geht der Biss sehr selten Hand in Hand mit Talent. Man könnte fast sagen: Entweder hat man das eine oder das andere. Mutter Natur ist meistens gerecht im Verteilen von Vorteilen. Die Gesellschaft hingegen ist die, die den Biss höher wertschätzt, weil nur der Biss die Dinge aus dem Nichts herzaubert, und es ist viel einfacher, an konkretisierte, materialisierte Dinge eine Medaille anzuheften. Zusammenfassend kann also festgestellt werden, dass sein (Christophs) Buch bestimmt besser als Lipitschs wäre, wenn es dieses gäbe.

In Folge seiner Tagträume kritzelte Lipitsch rachsüchtig in sein Tagebuch: „Faulheit ist die einzige Eigenschaft, die die Überzeugung von der eigenen Genialität aufrechterhalten kann, denn in jeder Handlung verschwindet sie (→ die Überzeugung)."

Wie sooft spuckte er sich mit dieser Notiz in die eigene Schüssel, wie sooft merkte er es nicht. Er musste daraufhin bewusst all seine Kräfte einsetzen, um vor dem Einschlafen Christoph zu verdrängen und wieder den Gedanken an Lorbeeren hervorzurufen, damit er sich ausruhen konnte.

*

Lipitsch hatte trotz seiner hartnäckig geführten Suche nach den Gründen für Erfolg noch nicht recht verstanden, dass Menschen ein paar ganz bestimmte Sterne brauchen, um sich zu orientieren. Und damit diese leicht erkennbar werden, ist der nächtliche Himmel rund um sie mit einer unendlichen Leere gleichzusetzen, die für immer in der Dunkelheit bleiben muss.

Es gibt Sternbilder, die jeder Laie kennt: kleiner Bär, großer Bär, der Drache, Orion. Und die Sterne Alpha Centauri, Antares, Polarstern. Das ist etwas für Kinder und Verliebte, auf die man ein wenig von oben herabzuschauen vermag, weil sie so leicht zufriedenzustellen sind, obwohl die Weisen, auf die man sie zufriedenstellen kann, so eingeschränkt sind, dass man sie irrtümlich schnell schwierig und anspruchsvoll nennen würde, wenn man nicht selbst aus ihnen herausgewachsen wäre. Für ernsteres Publikum sind dann 6 Cassiopeiae, V838 Monocerotis oder R136a1 da. Die Fortgeschrittensten, die in der Minderzahl sind, suchen sich Sterne aus, die noch unbekannter und noch unzugänglicher sind. Manchmal kennen sie Sterne, über die sie mit niemandem reden können, weil die Gelegenheiten dazu noch seltener sind als die Bereitschaft, und darüber hinaus soll man vollständigkeitshalber noch die Schwierigkeiten in Betracht ziehen, die einem ein Teleskop bereiten kann. Ja, es kann eigentlich nicht genug betont werden, wie umständlich und deplatziert ein Teleskop außerhalb des eigenen Hauses bzw., wenn man sich der Öffentlichkeit nicht scheut, des Observatoriums, sein kann.

Jedenfalls, um den Punkt nicht aus den Augen zu verlieren: Für Orientierung, Navigation und Kommunikation ist es lebenswichtig, allgemein bekannte fixe Punkte auf dem Himmel zu haben, an denen sich die Menschheit festhalten kann. Und ein Stern, der niemanden interessiert, muss verstehen, dass es (für die Orientierung, Navigation und Kommunikation) genauso wichtig ist, übersehen zu werden. Die Dunkelheit als Hintergrund ist genauso wichtig und muss sein …

*

Und da war sie schon wieder. Man hatte unrecht zu sagen ‚schon wieder', obwohl man es so empfand. Es waren seit ihrem ersten Treffen am Flughafen mindestens zehn Tage vergangen – trotzdem empfand er sie als aufdringlich. Noch dazu war sie eine Frau.

Natürlich fielen für Lipitsch auch all die Beziehungen, die man mit Frauen haben könnte, vor allem diese, eigentlich unter Windhauch und Luftgespinst. Darüber hinaus fiel es ihm schwer, die Unterschiede zwischen ihnen anzuerkennen, angesichts der Tatsache, dass alle das Gleiche in ihm auslösten:

„Schön bist du. Es gibt etwas Adeliges in deinem Gesicht… Nein, ich denke dabei nicht an die Porträts der Habsburger, warum seid ihr Frauen so unerbittlich im Konkreten verankert? Ich sehe kein anderes Gesicht in deinem Gesicht, ich sehe Anmut, Überlegenheit, Reichtum, Eleganz. Ich werde dir solche Schmeicheleien öfters auftischen, aber für jetzt ist es genug, denn ich darf erstens nicht mein ganzes Pulver gleich verschießen und zweitens muss ich das Pulver richtig dosiert verabreichen, damit es dir nicht in den Kopf steigt und dich entweder über meinen Kopf wachsen oder aber mich kleiner aussehen lässt. Auch sollst du wissen, ich habe nichts zu verschenken, *quid pro quo*, und so werden wir uns jetzt mir widmen, wir werden mich zuerst kurz in meinem Selbstmitleid baden lassen, dann trocknen wir mich ab, stillen mich und dann legen wir mich schlafen. Wenn du es mal satt hast und aufhörst, mich gut zu stillen, werde ich schreien, wenn du anfängst, von Ent-wicklung zu reden, werde ich weinen und mir eine Neue suchen, die das besser macht. Ich werde auch aufhören, dich schön zu finden, mal schauen, ob du mich auch so schnell ersetzen kannst. Es gibt viele, die trösten und stillen können, Dinge schön zu finden und dazu noch zu preisen, das kann so außer mir keiner. Wenn du jetzt gehst, brauchst du nicht mehr zurückzukommen… Komm bitte zurück… Passt, ich hätte eh nicht gewollt, dass du zurückgekommen wärst."

Damit war eindeutig Schluss. Aber er bereute nichts. Man *muss* jede Erfahrung mit dem gleichen Ergebnis mehrere Male wiederholen, um Pech als Erklärung verwerfen zu können, um sich keine Vorwürfe zu machen, man habe zu früh aufgegeben. Das, was von außen betrachtet so aussieht, als ob man nicht besonders lernfähig wäre, ist eigentlich ein durchdachter, langwieriger Prozess, den Zufallsfaktor auszuschließen.

Leider muss der Mensch alles selbst lernen, von null an, im Gegensatz zu beispielsweise Ratten, die, dank der genetischen Übertragung von Erfahrungen, dort anfangen, wo ihre Eltern aufgehört haben. Der Mensch, der gut gelernt hat, die Unzulänglichkeiten seiner naturgegebenen Fähigkeiten, die im Vergleich zum Tierreich erheblich sind, mit reinem Verstand zu überwinden, hätte theoretisch das Werkzeug der Sprache zur Verfügung, die elterlichen Erfahrungen vermittelt zu bekommen und sie zu verinnerlichen. Es ist die Ironie des menschlichen Schicksals, dass uns gerade dieser Verstand auch daran hindert. Er gibt uns nämlich neben all dem Guten auch das Gefühl der Einzigartigkeit und der Überlegenheit den Ratten und nicht nur den Ratten gegenüber. Während zum Beispiel eine Ratte, deren Mutter schlechte Erfahrungen mit einer Schlange gemacht hatte, instinktiv davor flieht, denkt sich der Mensch: „Ich weiß zwar, dass sich meine Mutter von einer Schlange verführen hat lassen, ich aber bin anders und schlauer als sie beide.“ Und dann lässt er sich mehrere Male verführen, nur um sicherzugehen, dass es gänzlich an der Schlange liegt, wenn Dinge schiefgehen.

„Guten Tag“, rief also die Nachbarin breit lächelnd am Zaun stehend, als Lipitsch am Gartentisch an seiner Abhandlung arbeitete.

Diesmal trug sie ein enges Kleid mit Blumen und ein Tablett mit zwei Tassen und einem Kuchen. Die Tassen waren ihrem vorsichtigen Schritt nach voll. Sie bewegte sich unerträglich langsam, wie eine Artistin am Seil, und er wusste genau, wohin das führte.

Er war aufgeregt, ein wenig wegen des Kleides, aber hauptsächlich wegen des Tabletts und der vollen Tassen, die es unmöglich machten, sich auf seine Arbeit auszureden und sie höflich auf dem Seil zurückzuschicken, man musste zuerst aufessen und austrinken, damit sie normal schnell weggehen konnte, damit alles normal war und blieb. Er kam ihr entgegen, bedankte sich und half ihr, obwohl er leider viel zu tun hatte, aber das war sehr aufmerksam! Es wäre nicht nötig gewesen.
„Ach, das ist gar nichts!“

Gar nichts?! Aufgebracht war er. Er war bereit, die Unannehmlichkeiten des Aufeinandertreffens mit Menschen, die man keineswegs komplett vermeiden konnte, still auszuhalten, aber sie willkommen zu heißen, ihr ihre Last abzunehmen, sie vorsichtig zu tragen, sich zu entschuldigen, dass doch etwas überging, sich kurz zu genieren, wie tollpatschig man war und sich nochmals herzlich zu bedanken – das war eine reine Provokation. Der Faden der Höflichkeit …

„Ich backe sehr gerne. Es entspannt mich. Kochen, hingegen, stresst mich ungemein. Ich kenne aber viele Leute, die Kochen entspannend finden! Finden Sie es entspannend?"
„Ich habe leider keine Zeit zu kochen … Ich versuche, ununterbrochen zu arbeiten …" Er zeigte auf die beschriebenen Blätter Papier am Tisch.
„Ich wollte Sie natürlich nicht unterbrechen …"
Lipitsch rechnete nicht damit, verstanden zu werden, und schämte sich seiner Plumpheit, aber nur kurz, denn sie fuhr wie ein Panzer fort:
„Woran arbeiten Sie eigentlich?"
„Es handelt sich um eine … wissenschaftliche Abhandlung."
„Oh! Worüber?"
„Ich versuche, einige Erkenntnisse über die menschliche Seele zu schildern."
„Auf dem Gebiet der Psychologie?"
„Auch. Es geht darüber hinaus … Es ist … interdisziplinär."
„Und welche Erkenntnisse haben Sie gewonnen, wenn ich fragen darf?"

Sie kommt sich ganz charmant vor; dieses Lächeln, diese Augenbrauen, lauter Bögen und Kurven… Aufdringliche Frau.

Mit Unbehagen musste Lipitsch an diesem Punkt auch feststellen, dass er keine Antwort auf ihre Frage parat hatte. Nachdem er mit der Menschheit Schluss gemacht hatte, rechnete er nicht mehr damit, neue Antworten liefern zu müssen. Auf diesen neuen Gegenstand war keiner von den alten vorgefertigten Sätzen anwendbar, und neue kann man nicht einfach so liefern, ohne sie vorher getestet zu haben, bei den neuen weiß man es nie, sie können womöglich ausarten, wenn sie freigelassen werden, und wenn man sie dann zurücknehmen will, geht das gar nicht, wir wissen alle, wie unmöglich das sein kann, der Mund ist oft eine Wurmdose.

Das Einzige, worauf Lipitsch sich stützen konnte, waren gewisse alte und bereits getestete Regeln. Er wusste zum Beispiel, dass, sobald man den zuvorkommenden Schritt Richtung Klarheit macht, man sich dem gnadenlosen Urteil des anderen aussetzt, der sich plötzlich, ermutigt durch die Verständlichkeit der Sache, ihr auch gleich schon überlegen fühlt und durchaus dazu berufen, ein vielsagendes ‚Ach so…‘ beizusteuern, ein ‚Ach so…‘, das die übermittelten Erkenntnisse äußerlich noch höflich bezweifelt, innerlich aber gleich schon verworfen hat.

„Ich bin ein großer Gegner von Zusammenfassungen. Wenn ich zum Beispiel Leonardo wäre und an Mona Lisa arbeiten würde, könnte ich Ihnen das Bild zwar in 30 Sekunden skizzieren, Sie wären aber, nehme ich an, nicht im Geringsten beeindruckt."

Das war ungeschickt. Das klang so, als ob er sie gerne beeindrucken würde… Das wollte er keinesfalls. Nicht nur, weil er jetzt ein Menschenhasser war, nein, diese Frau hätte sogar in seinen früheren Zeiten bei ihm keinerlei Interesse wecken können. Sie war eindeutig zu schön. Damit würde er es natürlich vor ihr niemals begründen, denn sie wusste bestimmt über ihre Schönheit schon Bescheid, und er war nicht bereit, ein Kompliment zu geben, ohne sich dabei großzügig fühlen zu können und das größtmögliche Maß an Zufriedenheit mit sich selbst als Gegenleistung einzufordern. Das reine Geben hatte er längst aufgegeben.

Die Erkenntnis, dass in ihrem Inneren alle Frauen gleich sind, zählte er zur Fähigkeit der Abstrahierung, die seiner Meinung nach eher in der männlichen Domäne lag, während Frauen (im Allgemeinen, natürlich) dazu tendierten, sich von kleinen Unterschieden verleiten und verwirren zu lassen, sich darin gar zu verlieren. Jede Frau, mit der er bis jetzt zusammen gewesen war, hatte er also ausschließlich anhand ihres Aussehens ausgewählt, und zwar so, dass sie ihn nicht oberflächlich aussehen ließ. Aber, obwohl ihm viel daran lag, den Anschein zu erwecken, dass an seiner Verblendung ausschließlich die inneren Eigenschaften der besagten Frau schuld waren, ging es dabei nicht um eine bewusste Vorgehensweise eines kalten Verstandes; er fand tatsächlich einen eitlen Genuss darin, versteckte Schönheit zu entdecken und Ungewöhnliches zu preisen.

Die Verliebtheit, die manchmal nach der Auswahl aufgetreten war, deutete er mit der endlosen Kraft seiner Phantasie. Anders gesagt: Einem geschickten Maler gleich machte er aus einer leeren Leinwand, die eine Frau in ihrem Inneren war, ein würdiges Bild, das er in seinen Tagträumen bis ins kleinste Detail perfektionierte, bis es an das äußere Erscheinungsbild sowie an sein Herz gewachsen war. Er stellte eine Pawlow'sche Verbindung zwischen dem Gesicht der Frau und seinen Träumereien her, sodass er bei ihrem Anblick sofort zu sabbern begann. Davon war er fast überzeugt.

„Ich würde zum Beispiel wissen, dass es sich um ein Porträt einer Frau handelt, und meine Neugier wäre geweckt", erwiderte die Nachbarin.

Um Gottes Willen, sie glaubt es ist etwas Gutes, ihre Neugier zu wecken!

Lipitsch hatte ehrlicherweise nicht oft die Gelegenheit gehabt, sich in verschiedenen Weisen üben zu dürfen, auf die man eine Frau auf Distanz hält… Die ganz spontane Abscheulichkeit schien ihm in diesem Moment der richtige Weg zu sein.

„Ich wage zu bezweifeln, dass ich im Stande bin, mit meiner Abhandlung Ihr Interesse zu wecken. Das Porträt der Frau, das ich zeichne, trägt kein mysteriöses Lächeln. Sie ist nackt wie die Wahrheit selbst. Meine einzige Liebe gilt nämlich der Wahrheit (in all ihrer Scheußlichkeit), die ich, *modestia aparte*, von der Arithmetik und Physik bis zu ihrem Ursprung in der menschlichen Seele verfolgt habe."

Er sagte in der Tat ‚*modestia aparte*'! Das war erfrischend. Vom Drang, gefallen zu müssen, so vollkommen befreit zu werden, bereitete ihm einen neuen Genuss.

„Wahrheit! Das ist ein großes Wort!"
„So ist es."
Sie trank langsam einen Schluck und sagte nach einer Weile:
„Ich glaube, die Wahrheit ist uns nicht zugänglich, ich glaube, diese Erkenntnis ist die einzige Wahrheit, die uns zugänglich ist."
„Euch ist sie unzugänglich?"

Er lächelte innerlich. Er war noch nicht so weit, darauf verzichten zu können, seine neu entdeckte Freiheit auszukosten. Dabei hatte er theoretisch einen größeren Respekt vor einem freigelassenen Vogel, der auf dem Baum sitzen bleibt, auf dem sein Käfig aufgehängt worden war, als vor einem, der eifrig flatternd ins Unbekannte fliegt. „Die Hoffnung, dass das Unbekannte besser ist, zeugt von Unwissen", hatte er schon einmal in sein Notizbuch geschrieben. Die Tautologie war ihm gar nicht aufgefallen. Oder wollte er in der Tat sagen: „Obwohl man das Unbekannte nicht kennt, soll man *a priori* wissen, dass es nicht besser ist?" Welchem Denkfehler auch immer er unterlegen war, er war überzeugt, dass die Grenzen der Freiheit selbsterwählt aufs Engste angelegt werden sollen, und die Tatsache, dass ihm die Inkonsistenzen zwischen seinen theoretischen Überzeugungen und seinem Handeln nicht bewusst waren, war zwar ärgerlich, lag aber mit Sicherheit nicht an mangelnder Beschäftigung mit sich selbst, also musste man sie einfach so hinnehmen.

„Uns Menschen", erwiderte die Nachbarin unbeeindruckt. „Den Menschen im Allgemeinen."

Dass er mit dem Menschen im Allgemeinen wieder in den gleichen Topf geworfen wurde, das kratzte schon an seinem Stolz!

„Ich werde versuchen, mich verständlich auszudrücken“, sagte er und setzte ein Lächeln auf, das keine verbitterte, sondern eine gelassene Überlegenheit des Trägers mitzuteilen hatte.

Das war um einen kleinen Schritt zu weit gegangen, für Mathildes Geschmack. Auf der Suche nach einer Erklärung zog sie die medizinische nur kurz in Betracht, denn Geisteskranke tragen in der Regel zu große Anzüge, oder aber ihnen ist die Hose zu kurz. Für Geisteskranke gibt es nichts nach Maß… Dem da stand sein Anzug wie angegossen. Es tragen nicht viele Männer auch in ihrer Freizeit einen Anzug, das ist jammerschade, eigentlich. Ach, wo sind bloß die Zeiten, wo gesellschaftliche Zwänge auch für das Modische sorgten!

Und obwohl Mathilde sich oft über die Bereitwilligkeit von Frauen ärgerte, über alles Unpassende hinwegzusehen, solange der Anzug passte, tat sie genau das Gleiche.

„Dann hoffe ich, es lesen zu können, wenn Sie damit fertig sind. Ich werde Sie nicht weiter stören.“

Sie stand ruhig auf und nahm sich Zeit, alles wieder auf das Tablett zu stellen. Sie ließ still das schlechte Gewissen einziehen, damit es auch wirkte. Er half, natürlich half er. Und der Kuchen war köstlich, danke vielmals. Aber obwohl es an dieser Stelle mehr als angebracht gewesen wäre, ihr zu sagen, sie störte nicht, sie sollte ihm seine Dämlichkeit verzeihen, möchte sie nicht noch kurz bleiben? wusste er, er musste sich diesbezüglich zügeln, stark musste er bleiben, seine ganze Zukunft hing davon ab.

„Den Kuchen lasse ich Ihnen da. Auf Wiedersehen!"

Sie wählte den besten Zeitpunkt aus, um zu gehen. Sie hatte die Oberhand. Sie war nett und großzügig, er war eigenartig und höhnisch. Sie gab den Kuchen, er nahm den Kuchen.

Aber, seien wir uns ehrlich: Sie gab den Kuchen, um den Teller zurückzufordern! Sie wird durchaus weiter stören!

Lipitsch schätzte das Interesse seiner Nachbarin an ihm als unerschütterlich ein, (diese Gewissheit lässt sich nur mit seinem mangelnden Interesse an ihr erklären) und nicht einmal die Freizügigkeit, mit der sie es äußerte, die jeglichen Schleiers der Rück- und Vorsicht einer wahrlich Interessierten entbehrte, ließ ihn daran zweifeln. Trotz seiner Eitelkeit, die mehrere schmeichelhaftere Gründe dafür finden könnte, schrieb er ihre Annäherungsversuche ganz bescheiden alleine der Tatsache zu, dass er nichts von ihr wollte, außer dass sie ihn in Ruhe ließ.

Und es lag seiner Meinung nach in der Natur der Frau, sich all seinen Wünschen zu widersetzen.

*

Tage vergingen. Lipitsch merkte, dass er in ständiger Erwartung lebte. Und weil es jeden Moment passieren konnte, durch die Klingel zur Tür gerufen zu werden, war es für ihn unmöglich geworden, sich seinem Tun gänzlich hinzugeben — alles konnte unterbrochen werden, alles musste sich in einer Entfernung von einer, höchstens zwei Minuten von der Eingangstür abspielen. Weiter weg oder tiefer in Gedanken durfte er nicht. Das war eindeutig ein Faden und ein kurzer noch dazu.

Was auch immer er tat, der runde blaue Teller starrte ihn höhnisch an — ein Auge Gottes, eine ständige Erinnerung an das Unangenehme, schon Geschehene und eine Mahnung an das noch Bevorstehende. Lipitsch verstaute ihn im Schrank, aber er spürte seinen Blick durch das Holz durch. So etwas muss sich niemand gefallen lassen! Wenn diese … Person den Teller nicht bald holt, dann bringt er ihn ihr eben selbst. Sie hat kein Recht dazu, aus seinem Haus ein Wartezimmer zu machen, für wen hält sie sich nur?!

Aufgebracht war er. Sie, hingegen, war die Ruhe in Person. Sie trug ein blaues Kleid, passend zum

Teller. Eine zufällige Korrespondenz. Durch den Türspalt war sonst nicht viel zu sehen.

„Ach, hallo!"
„Guten Tag. Ihr Teller."
„Oh, danke schön."
„Wenn der Prophet nicht zum Berg kommt…" Das Ende ersetzte er mit einem kühlen Lächeln.
„Sie haben erwartet, dass ich wieder komme?"
„Um den Teller zu holen, ja."
„Ich habe eigentlich genug andere Teller, Sie hätten ihn auch behalten können."
„Ich habe auch genug Teller."
Sie setzte zu einem Lachen an, das sie aber nicht zu Ende führte.
„Danke, jedenfalls. Ich weiß die Mühen der Berge zu schätzen." Jetzt war sie dran mit kühlem Lächeln. Verschmähte sie ihn?
„Es ist eine Redewendung…"
„Ich weiß."
„Ich halte Sie nicht wirklich für einen Propheten", lachte er laut und gezwungen.
Sie lachte nicht. Sie setzte übrigens oft die Stille ein, um die Wörter nicht zu vertreiben, damit sie in der Luft verweilten und langsam einsickerten.
„Also entschuldigen Sie bitte die Störung. Und ich danke Ihnen nochmals für den Kuchen."
„Nichts zu danken. Schönen Tag noch."

Das war also erledigt. Er lachte zuletzt, aber lachte er am besten?

Der bittere Nachgeschmack hielt länger als gewöhnlich an.

*

Seit seiner Kindheit war die Vorstellung, ausgelacht zu werden, eine der schlimmsten, die ihn verfolgten. Er dachte, er würde sich im fremden Lachen als Mensch auflösen, als ob er mit jedem einzelnen brüllenden oder stöhnenden „Ha“ stückweise ausgesondert würde und dann mit dem Lachen verginge. Die Spontaneität und Unkontrollierbarkeit dieser Vernichtungsmethode machten sie zur effizientesten. Man konnte sich nämlich sicher sein, man hatte selbst auf den Auslöser gedrückt, ja, überspannt könnte man es als ungewollten Selbstmord bezeichnen, für den man niemandem die Schuld geben kann.

Ab und zu setzte er diese Waffe auch selbst gegen andere ein. Wenn er schon lächeln muss, dann wird er auch lachen. Wenn sie gleich die ganze Hand wollen, wird er sie zur Faust ballen. Aber gezwungen zählt weniger, es ist gefälscht, es ist falsch. Hatte die Nachbarin bemerkt, dass es gezwungen gewesen war? Sie hatte zwar zu einem echten angesetzt, verkniff es sich aber. Was fand sie so lustig, eigentlich?

Dass er damit prahlte, er habe auch genug Teller? Das war in der Tat wenig, worauf man stolz sein konnte. An Tellern kann jeder genug haben. Das musste es gewesen sein. Sie war natürlich und gnädig, er war gezwungen und gemein. Sie führte wieder. Den Spruch mit dem Berg hätte er sich jedenfalls sparen können. Er hatte jedoch gut geklungen, als er ihn geübt hatte. Siehst, neu und ungetestet ist schlecht und zu vermeiden!

War es darüber hinaus nicht etwas frech, dieses implizierte ‚Hol dir deinen Teller selber, wenn du ihn wiederhaben willst'? Durchaus … Eigentlich war es sehr uncharmant, einen leeren Teller zurückzubringen, gar kein Gegengeschenk zu machen, er hätte den Teller mit einem Gegenkuchen bringen sollen. Das war ihm jetzt alles klar, das alles wusste er doch, warum hatte er nicht besser nachgedacht? Ja, er war zu sehr damit beschäftigt gewesen, sich eine Ausrede zu überlegen, warum er nicht hinein auf einen kurzen Kaffee kommen möchte. Dazu war es gar nicht gekommen, nicht einmal knapp davor war er gestanden. Was musste sie von ihm denken, diese elegante Frau mit perfekten Manieren … Und er wusste doch das alles, er wusste, was sich gehörte, er würde sich selbst auf jeden Fall als Gentleman beschreiben, generell …

Und so stellte Lipitsch fest, dass er durchaus im Stande war, mit einer schlechten Meinung, die sie von ihm womöglich hatte, zu leben, nicht aber mit einer falschen Meinung.

*

Die nächsten Stunden (...oder waren es Tage?) verbrachte Lipitsch in ständiger Begleitung des Gedankens darüber, wie er sich am besten für den Kuchen revanchieren sollte. Das Wort fand er treffend, er fühlte sich in der Tat von Rache getrieben. Ähnlich wie das Wort bei der Umwandlung von Hauptwort in Handlung eine positive Konnotation bekam, konnte man auch Lipitsch auf seiner Suche nach einem passenden Geschenk seine Beweggründe nicht anmerken und somit nichts vorwerfen. Er überlegte bei beinahe jedem Gegenstand, den er sah, ob er sich nicht als Gegengeschenk eignete. Wenn das nicht schön ist. Als aber diese latent rachsüchtige Auseinandersetzung mit verschiedensten Gegenständen andauerte, merkte er, wie sehr sie seine Arbeit beeinträchtigte, und er wurde wütend. Es konnte nicht sein, dass in seinen Gedanken Danke so einen übermäßig großen Teil einnahm. Das musste aufhören.

Er nahm einen Schmetterling von der Wand herunter und packte ihn in Backpapier ein. Als er ins Freie ging, begann er zu schwitzen. Das war kein gutes Zeichen. Es haftete doch zu viel an dem Tier, ein totes Tier ist keine kleine Aufmerksamkeit. Darf man überhaupt schöne Leichen als schön empfinden? Und gerade ein Schmetterling kann verfänglich sein: Er ist etwas, das für weibliche Augen gemacht wurde; wie Blumen. Eindeutig zu romantisch. Wenn nicht makaber, dann romantisch. Beides ist schlecht. Außerdem heißt er „Psyche“ auf Griechisch, der Schmetterling. Sie wusste es vielleicht nicht, aber er als ausgebildeter *inter alia* Philologe wusste, dass Altgriechen glaubten, es waren die Seelen der Toten, die als Schmetterlinge durch die Luft flogen. Vielleicht wusste sie das sogar auch, sie war schließlich eine Frau, sie hatte sich mit Sicherheit gründlich über Schmetterlinge erkundigt. Tote Seelen der Toten sind als Geschenk noch unangebrachter als tote Körper.

Essbar soll es sein. Nichts Bleibendes, keine Erinnerung. Etwas, das man gleich verinnerlicht, aussondert und hinunterspült. Im Schrank in der Küche fand er Honig als das einzig Schenkbare. Er war von Spar. Da könnte sie durchaus sagen, angeberisch wie sie war, sie konnte selbst zu Spar gehen, sie hatte genug Geld für Honig, sowie auch für Teller. Er kratzte also das Etikett herunter, klebte ein weißes darauf und beschriftete es mit ‚Honig‘.

„Ein Freund von mir hat ihn selbst gemacht. Er ist Imker. Ein Hobby-Imker, meine ich.“
„Oh, danke vielmals, das ist aber sehr aufmerksam!“

„Ich möchte mich auch für letztes Mal entschuldigen… Ich war nicht ganz ich selbst. Ich habe viel um die Ohren im Moment.“
„Was meinen Sie? Wofür entschuldigen?“
„Das mit dem Propheten, zum Beispiel.“
„Ach so, das habe ich Ihnen nicht übelgenommen, ich halte mich auch selbst nicht für einen.“

Sie war nicht mehr kühl, sie lächelte. Sie lud ihn nicht herein, aber er hatte nicht das Gefühl, sie mochte ihn so schnell wie möglich loswerden, und Gefühle täuschen nie, so ist es. Also erzählte er noch die interessante und wissenswerte Tatsache, dass Honig kein Ablaufdatum hat, Honig wird nie schlecht, er bleibt immer gut, Honig ist immer gut. Das ist selten auf dieser Erde, wo alles vergeht und verfällt. Er ist ein Souvenir aus dem paradiesischen Garten des ewigen Himmelreichs oder so etwas. Aber das wusste sie bestimmt schon. Ja, sie wusste es, und sie war damit einverstanden, dass Honig gut ist, deswegen kann sie leider keinen Gebrauch von der langen Haltbarkeit machen. Es wurde dann genug für einen Tag gelacht, und Lipitsch verabschiedete sich, solange es noch gut lief. Sie waren quitt.

*

War das falsch? Der ursprüngliche Imker, der wahre Imker, war, auch wenn denkbar, doch unsichtbar, namenlos, unantastbar, unzugänglich. Sein Gesicht verschleiert. Nie hatte dieser Imker vor, seine Schleier abzutanzen. Und der Honig, den er machte, bestand aus tausenden Bienentropfen, und niemand konnte sein Werk wiedererkennen. Lipitsch hatte niemanden bestohlen, es war ganz anders als damals in der Schule, als Thomas Gerda eine Erdbeere geschenkt hatte und behauptet, er hätte eine Pflanze gezüchtet, die aber nur eine einzige Erdbeere gebar, und die schenkte er ihr, seine Rede war noch kitschiger als die Erdbeere selbst, die rot und herzförmig war wie ein Herz, und Gerda war begeistert, sie hatte die *einzigste* Erdbeere bekommen und sie *liebte* Erdbeeren, sagte sie affektiert, als ob nicht jedes Mädchen Herzchen und Pferde mochte, als ob es nicht spielerisch leicht wäre, ihre Herzen zu erobern, wenn das Aussehen passte, und Thomas war ja wunderschön, und sie schlug vor, dass sie sich die Erdbeere teilten, damit Thomas kosten konnte, wie seine Frucht schmeckte, er durfte zuerst abbeißen, und dann aß sie den Rest, damit er sah, dass ihr nicht vor seinem Speichel ekelte. Lipitsch wäre so oder so wütend gewesen; aber die Tatsache, dass Thomas keine Pflanze hatte, und die Erdbeere von seiner Mutter und aus dem Billa gekommen war, brachte das Fass zum Überlaufen. Das war doch verständlich. Trotzdem hatte man kein Verständnis für Lipitsch gezeigt.

Anstatt sich jetzt aber endlich gleichgültig und abgehärtet zu zeigen, ließ er schlechtes Gewissen an ihm nagen, nur weil er das Etikett selbst gemacht hatte? Zumindest machte er, im Gegensatz zu Thomas, etwas selbst! Und der Prophet verlangte auch nicht ausdrücklich, dass man nicht lügen soll, es ist ein weitverbreiteter Irrglaube, dass die Lüge in den Zehn Geboten verboten ist. ‚Du sollst nichts Falsches gegen deinen Nächsten aussagen', so geht es. ‚Du sollst nicht morden. Du sollst nicht die Ehe brechen. Du sollst nicht stehlen. Du sollst nichts Falsches gegen deinen Nächsten aussagen.' Den Freund gab es ja gar nicht, er sagte nichts Falsches gegen seinen Nächsten aus, nur gegen sich selbst. Das darf man, meinte Lipitsch, der in den Gesetzeslücken der Bibel plötzlich den Trost fand, den er in der Religion selbst nie finden konnte.

*

Ach, er liest wieder. Er sitzt jeden Tag in seinem Garten und liest. Er ist immer da, aber trotzdem so unzugänglich. Er ist ein belesener Mann, ein interessanter Mann. Wer liest, hat Ausdauer, einem solchen kann man Dinge erzählen. Dann kann er einem sagen, ob er so etwas schon einmal in einem Buch gelesen hatte, und wie es dort ausgegangen war. Es ist immer interessant zu wissen, wie Dinge ausgehen.

Es waren also auch Bücher, von denen sie wie eine Motte zur Kerzenflamme hingezogen wurde. Aber wir wissen was mit Motten passiert: Sie verbrennen sich, fallen hinunter und das Wachs verklebt ihre Flügel. So wie bei Ikarus. Auch er ist abgestürzt, weil er von dem Licht angezogen wurde. Licht ist schlecht, Dunkelheit ist gut. Aber der Nachbar ist so dunkel…

„Was lesen Sie?“ fragte sie freundlich am Gartenzaun.
Warum fängt sie jetzt wieder an? Sie waren doch quitt.
„Ach, guten Tag. Es ist Proust“, sagte Lipitsch. Ausgerechnet Proust las er. Das musste doch jeder Dame über dreißig gefallen.
„Ich liebe Proust!“ behauptete Mathilde mit einem Ausruf der Begeisterung, der ganz und gar nicht zu Proust passte, der bestimmt schon einmal für einen Modemacher oder einen Schauspieler benutzt wurde, Lipitsch konnte es fast hören: „Ich liebe Prada!“ und ähnliches.
„Proust ist nicht jedermanns Sache“, öffnete Lipitsch gleich ein Ventil. Er betätigte regelmäßig die Ventile seiner Wut, die sich im Bereich der Zweideutigkeit befanden, damit alles unverrostet und gut gelüftet und gesund blieb, und offene Konflikte vermieden werden konnten.
„Proust ist etwas leise Leidendes, das Lesen eine Qual, aber auch ein Genuss, was beides daraus stammt, dass man sich selbst in seinem Schreiben

wiedererkennt. Ich weiß nicht, ob ich mich klar ausgedrückt habe …"

Mathilde spürte ganz genau die Wut in der Luft. Sie deutete sie (ziemlich treffend) mit der Annahme, dass Lipitsch glaubte, sie hatte nichts von Proust gelesen. Er dachte anscheinend, sie war belesen genug, um zu wissen, dass Proust von belesenen Menschen gemocht werden muss, bei weitem aber nicht belesen genug, um ihn tatsächlich auch selbst gelesen zu haben. Frauen wie sie – schöne, fröhliche, gesellige Frauen, besaßen seiner Meinung nach keinesfalls die Geduld, ihn zu lesen, weil sie seine Erfahrungen nie machen konnten.

Wie konnte sie ihm beweisen, dass sie ihn gelesen hatte?

„Ich mag seinen Rat: ‚Überlassen Sie die schönen Frauen den phantasielosen Männern'", sagte sie lächelnd – zitieren zeigt immer, dass man weiß, wovon man redet, das Zitieren obskurster Passagen hatte sie ja durch die Schule gebracht. Ihre natürliche (selbstverständlich gekünstelte, aber von Natur gegebene) Koketterie hatte sich jedoch leider wieder einmal eingemischt und das Obskure verbannt. Lipitsch musste so weiter das Ventil aufdrehen:

„Ich rede natürlich nicht von seinen Aphorismen. Die sind ganz amüsant, da gebe ich Ihnen Recht."

An dieser Stelle gab Mathilde erneut das leere Versprechen, ihn nicht weiter zu stören, und nahm Abschied.

Aphorismen … Hätte sie es ihm unter die Nase reiben sollen, in welchem Kapitel seines Buches das stand? Nein. Und es war richtig so. Sie war eine schlaue Frau. Lipitsch hatte da so eine Ahnung, aber er hatte keine Ahnung, wie schlau sie eigentlich wirklich war. Sein Denkansatz war richtig gewesen, als er sie mit einer Spinne verglich, aber wie so oft entwickelte er ihn nicht weiter, sondern ließ ihn krumm wie einen Embryo Bauchgefühl bleiben.

Eine Spinne möchte nicht, dass man ihr kunstvolles Weben bewundert, ihr hauchdünnes Luftgespinst, filigran, durchsichtig. Ganz im Gegenteil, sie möchte, dass man es gar nicht bemerkt. Nur in dem Fall wird sie etwas fangen können; nur so kann sie leben. Zwischen Gefangenwerden und Tod bleibt genug Zeit für Bewunderung.

*

Lipitsch jedoch war mit dem intellektuellen Podest, das er sich im Garten erbaut hatte, nicht unzufrieden, bis die Nachbarin ein paar Mal an seinem Garten vorbeiging, ohne in seine Richtung zu schauen. Lipitsch brauchte für alles, auch für seine Selbstanalysen, ein Startzeichen, sonst blieb er auf den Plätzen, ohne irgendetwas zu tun.

Sich wieder zu entschuldigen, wäre lächerlich, er hat sich gerade entschuldigt, er konnte sich nicht wieder entschuldigen. Das einzige, was er tun könnte, war, die Sache im Vorbeigehen geradezubiegen, bei einem zufälligen Treffen auf eine Weise zu grüßen und sich nach ihrem Befinden zu erkundigen, als ob es nichts gäbe, wofür man sich entschuldigen müsste.

Um die Rahmenbedingungen zu erforschen, die ein Zufallstreffen begünstigen würden, beobachtete Lipitsch gespannt durch das Fenster, wann die Nachbarin aus ihrem Haus kam und wann sie hineinging, und versuchte, die Belanglosigkeiten ihres Lebens zu deuten: Ging sie einkaufen oder arbeiten, traf sie eine Freundin oder einen Freund, wie genau trennte sie ihren Müll? Eines war klar: Wenn sie mit einem vollen Plastiksack hineinging, war sie einkaufen, wenn sie mit einem solchen herauskam, war es Müll. Es war komisch, dass eine Frau ihrer Art nicht lieber einen geflochtenen Einkaufskorb verwendete, um zumindest äußerlich die Einkäufe von dem Müll zu trennen.

Sie kam oft um drei nach Hause. Was wird sie wohl bis drei machen? Arbeiten, sicherlich. Sie war entweder eine Lehrerin, was ausgeschlossen war – in Gesellschaft von Kindern, die noch nicht gelernt haben, das Schöne zu erkennen, hat man keinen Anreiz, Schönes zu tragen; oder sie arbeitete Teilzeit; oder sie fing schon um sechs, sieben Uhr früh an. Nur eines konnte er mit Sicherheit sagen: Sie war keine Lehrerin. Es handelte sich am wahrscheinlichsten um einen Bürojob, wo man sich ab und zu beschwerte, man sei unterfordert, obwohl (oder weil) das keiner wirklich beurteilen konnte. Wo man Kollegen hatte, mit denen man dank der Unterforderung öfters Kaffee schlürfte und plauderte. Wo man gemeinsam mit dem Job auch Freunde bekam, dafür beides nur zum Teil, beides könnte besser sein, eine Art „ich-bin-ganz-zufrieden"-Zufriedenheit, wobei das Wort ‚ganz' komischerweise im Sprachgebrauch dazu dient anzudeuten, dass es nicht ganz so ist. Aber was erwartete sie sich? Sie studierte sicherlich etwas Vages, Geisteswissenschaftliches, was damals hip war, was man ‚*European Studies*' oder so nannte, nur um ein Diplom zu haben, mit dem man keinen richtigen Job ausüben muss und sich stets überqualifiziert für den, den man bekommen kann, fühlen darf.

Aber sie kannte Proust und verstand auch das Wort ‚interdisziplinär'. Sie war nicht dumm, stellte Lipitsch großzügig fest. Jedenfalls sehr intuitiv, fügte er hinzu. Er deutete weibliche Intelligenz immer lieber mit Intuition, es ist nicht umsonst die Redewendung ‚weibliche Intuition' in Verwendung, von ‚weiblicher Intelligenz' hatte er noch nie etwas gehört.

(Erst später, nachdem er erfahren haben wird, dass sie an der Sorbonne studiert hatte, wird er sich gezwungen fühlen, ihr eine zusätzliche positive Eigenschaft zuzuschreiben – Bescheidenheit, die dann zum Dorn in seinem snobistischen Auge wird, den er bis zum bitteren Ende leugnen wird, was angesichts des Schmerzes, den er verursachen wird, nicht einfach sein wird.)

Nach einigen Tagen passierte es dann um drei am Nachmittag auf der Straße. Er grüßte Gott und blieb stehen. Er fragte, wie *es* ging. Sie sagte „Gut, danke, und selbst?" Selbst … Lipitsch hatte natürlich eine Einstellung diesem ‚selbst' gegenüber, unterdrückte es aber brav. Er sagte „Sehr gut" und erzählte, wohin er ging, wobei er darauf achtete, dass es interessant klang, um ihr kein Interesse an seinen Erledigungen *per se* zu unterstellen, denn das wäre schon wieder impertinent.
„Das klingt interessant", bestätigte sie.
Er konnte in jenem Moment ihren Gesichtsausdruck beim besten Willen nicht deuten. Sie lächelte nicht, soviel konnte er sagen. Sie gab ihm noch ein paar kurze Antworten, bevor sie Abschied nahm. Gar nicht süß war Trennungswehe, er fühlte wieder nur das, was er ‚den bitteren Nachgeschmack' zu nennen pflegte.

Sie war in der Tat in der Gesichtsausdruckslosigkeit geübt, von der fürsorglichen Mutter sorgfältig trainiert, somit war ihr Gesicht auch in ihrem Alter noch fast faltenfrei geblieben.

Er selbst hatte einige Falten auf der Stirn, die ihn aber, im Gegensatz zu den Falten auf seinen Hemden, die er nie ungebügelt ließ, nicht wirklich beschäftigten. Eigentlich fand er es nicht unvorteilhaft, dass Gesichter durch die tägliche Übung an der Handfertigkeit gewinnen, die Seele des Trägers zum Ausdruck zu bringen.

Ein Baby, das gerade erst zu gehen lernt und gleichzeitig nichts anderes tun kann, nicht nur weil es schon mit dem Gehen überfordert ist, sondern auch weil es sonst nichts kann, alles noch lernen muss, auch sich richtig auszudrücken, so ein Baby hat noch keine Falten im Gesicht, nur auf den Handflächen einige, die aber nur wenige als schicksalsbestimmend wahrnehmen und -sagen. Mit seinem Gesicht kann ein Baby noch nichts über sich selbst erzählen — ein Grund wahrscheinlich, dass Babys so allgemein geliebt werden, bald aber schrumpft die Liebe blitzartig dermaßen, dass die meisten nur noch hoffen, den *Einen* zu finden, der sie so lieben würde, wie sie sind. Und dann ist es schon hilfreich, wenn man mit dem Gesicht ununterbrochen ein Signal beziehungsweise ein Warnsignal aussendet, das die Suche einschränkt, das heißt erleichtert.

Faltenfreies lehnte Lipitsch also generell und vor allem jetzt gerade dezidiert ab, er fühlte, es regte zur

Liebe an, zu der Babys anregen, die aber dann, wenn es schon zu spät ist, einem über den Kopf wachsen und möglicherweise ganz unliebenswürdig werden, das kann leicht passieren, das wusste Lipitsch schon von seiner Mutter.

*

Da die Bitterkeit des Nachgeschmacks einige Tage nicht nachließ, griff Lipitsch zu einem zweifelhaften Linderungsmittel:

Werte Nachbarin,
da Ihnen mein Benehmen mittlerweile zu Recht verrückt erscheinen mag, und meine Gleichgültigkeit bezüglich der Meinung der anderen anscheinend noch nicht vollkommen ist, möchte ich Ihnen preisgeben, dass mich die bisherigen Umstände meines Lebens zu einem Misanthropen gemacht und dazu bewegt haben, umzuziehen, um in Eremitage zu leben. Meine neue Rolle habe ich noch nicht ausreichend geübt, um sie ohne Missverständnisse über die Bühne zu bringen.
Ich entschuldige mich für alle Unannehmlichkeiten,
Lipitsch

Somit betrachtete er die Sache als erledigt und fühlte sich gut.

*

Lieber Herr Lipitsch,
las er eine Woche danach.

Ich organisiere ein kleines, gemütliches Treffen unter den Nachbarn bei mir am Freitagnachmittag ab 16 Uhr. Ich habe alle aus unserer Straße eingeladen. Es würde mich freuen, wenn auch Sie, ihrer Misanthropie zum Trotz, vorbeischauen würden.
Liebe Grüße,
Mathilde

*

Lipitsch wusste, dass er die Einladung annehmen würde, obwohl alles dagegen sprach. Er begründete seine Zusage zuerst etwas schwach mit Neugier; Leute verkünden ihre Neugier jedoch nur, wenn sie dazu dienen soll, etwas zu verstecken, wofür man sich noch mehr schämen müsste. Dann versuchte er es mit *Close Reading*: ‚Zum Trotz' war ihm aufgefallen, hatte ihm auch gefallen, weil er sich hauptwörtlich zu einer aktiven Rebellion aufgerufen fühlte, statt nur nebensätzlich angestiftet, ‚trotzdem' seine Einstellungen zu missachten.

Wie dem auch sei, er hatte sich ehrlicherweise schon einige Male vorgestellt, wie Mathildes Haus aussehen müsste. (Er ging davon aus, dass er in seiner kontrastierenden Stellung seiner Einrichtung gegenüber einzigartig war – alle anderen mussten wohl im Einklang mit ihren Häusern stehen.) Ein Kanapee, ein Sekretär. Viele Vasen, ein Klavier. Vogelkäfig, Kanarienvogel. Dazu unbedingt etwas geschmackloses, ohne Makel war sie sicher nicht, ein Hang zum Vulgären war auf jeden Fall da… Eine Reproduktion, am wahrscheinlichsten. Klimts Kuss? Lipitsch konnte es kaum erwarten, seine Vorstellungen überprüfen zu können.

Bevor er sich jedoch dem Sachlichen widmen konnte, musste das Menschliche beseitigt werden. Wie immer lenkte das Letztere seine ganze Aufmerksamkeit auf sich und zerstreute sie durch seine Mannigfaltigkeit. Lipitschs Gelassenheit, vor allem auf sein Gefühl der Überlegenheit gestützt, verschwand, sobald er sich nicht mehr innerhalb der laboratorischen Bedingungen seines Wohnzimmers befand. Der Schweiß, den gesellschaftliche Begegnungen im Normalfall hervorzurufen pflegten, kam zum Vorschein. Gott sei Dank war sein Hemd dunkel und die Beleuchtung diskret. Trotzdem versteckte er sicherheitshalber seine Achseln unter den Armen, die er am Bauch überkreuzte, wodurch er aber eine von jedem Laien erkennbare geschlossene und defensive Haltung annahm. Nichtsdestotrotz dauerte es nicht lange, bevor er angesprochen wurde, denn das Hemd war schön. Die für jede Frau offensichtliche Qualität des Hemds machte es klar, dass es nicht das Hemd war, das verteidigt werden musste; das Hemd sprach für sich. Und es ist durchaus normal, dass der Besitzer des schönen Hemds sich selbst verteidigen muss, er wird dank der verlockenden Fassade mit Sicherheit viel belagert. Zuerst unter die Haut, dann unter das Hemd, so ist der weibliche Plan.

Schon kommt eine mit den Hüften herangeschwungen. Ist er so weit? Er rollt die Ärmel hoch. Er wird gefragt, er antwortet. Das Gespräch läuft. Zur Halbzeit hat er mindestens 40% Wortbesitz, was in der Konfrontation mit einer Frau nicht wenig ist. Er sagt auch Wörter, die sich von anderen abheben, vor allem von denen der Frau, hochfliegende Wörter, schwer zu parieren. Wo er inhaltlich nachlässt, ist er adjektivisch zur Stelle. Hervorragend in der Abwehr. Manchmal trifft er, nicht zu oft, er will den Gegner nicht demütigen. Alles läuft gut, nie ist es still. Nur ab und zu, dann wechselt er das Thema. Dreimal darf jeder. Lipitsch zeigt sich flexibel und gut in Form. Verlernt hat er es nicht. Es ist normal, wenn er schwitzt.

Etwas erschöpft sucht er danach Zuflucht bei einem älteren, molligeren Mann. Sein rundes Alter und Bauch versprechen ein sicheres, gemütliches Aufeinandertreffen. Und so ist es. Eine kleine Idee wird in den Raum geworfen, und man versucht daraufhin, sich ihr mit größeren Worten anzunähern. Es wird dabei am Bier geschlürft. Man hätte zwar nichts dagegen zu gewinnen, aber man bleibt im Großen und Ganzen eher gleichgültig, denn diesem Sieg folgt in der Regel kein lautes Jubeln, auch kann man damit nicht zu lange prahlen. Der Sieg ist ruhig und zurückhaltend, wie das, was zu ihm geführt hat.

Nach dieser Erholung ist Lipitsch für eine neue Herausforderung bereit. Es findet sich unter den Schaulustigen Eine, die den Ausfallschritt in seine Richtung wagt. Er ist *en garde*. Die Dame sieht gnadenlos aus, so setzt er eine Maske auf, um sein Gesicht zu wahren. Das Wortgefecht beginnt.

Um das Thema zu wechseln: In der Schule war Lipitsch ganz schön sportlich, wer hätte sich das gedacht. Die Bezeichnung ‚körperlich extrem begabt' ärgerte ihn aber eigentlich sehr. Sein sportliches Talent war wie Gerdas goldenes Haar. „Du hast so schöne Haare", „Gerda hat so schöne Haare", hatten alle gesagt, bevor sie sie eines Tages ganz kurz schneiden ließ. Kürzer als jeder Junge. „Gerda hat ein schönes Gesicht", wollte sie hören, nicht wissend, dass das in der Gesellschaft nicht üblich ist.

Erst als Lipitsch durch zwei Siege und ein Unentschieden die gefürchtete Rolle des Außenseiters abschütteln konnte, schaute er sich neugierig um.

Das Wohnzimmer entbehrte jeglicher Spur des Bewohnens. Nur das Klavier war da, wie in seiner Vorstellung. Vielleicht war es aber auch kein Wohnzimmer, sondern ein Empfangszimmer. Die Inneneinrichtung glich auf jeden Fall einer undurchdringlichen Fassade, die vieles versprach und nichts verriet. Wie viele Zimmer hatte dieses Haus überhaupt? Konnte es sein, dass da ein kleineres Zimmer zu sehen war, wenn man die andere Türe öffnete, und hinter der nächsten ein noch kleineres, und noch ein kleineres, Fassade nach der Fassade, wie bei einer Zwiebel oder bei einer Matroschka, bis man letztendlich, anders als bei einer Zwiebel oder einer Matroschka, unausweichlich zu einem kleinen Käfig gelangte, wo der Kanarienvogel war, und wenn man ihn öffnete, sah man anstelle des Herzens nur noch eine kleine zwitschernde Musikbox.

Lipitsch fing den Blick der Gastgeberin und hielt ihn. Es war nicht selbstverständlich, sie warf ihn in seine Richtung quer über das ganze Zimmer, aber er war auf der Lauer gewesen. Sie näherte sich an.
„Ich sehe, Sie haben schon einige Leute kennengelernt“, sagte sie freundlich, es war eine Art Lob.
„Ja, drei.“
Sie lachte. Was gab es da zu lachen?
„Sie finden das lustig?“
„Ein wenig schon …“
„Wieso?“

„Weiß ich nicht… Vielleicht war mir einfach so nach Lachen."
Lipitsch strengte sich an.
„Darf ich Ihnen noch ein Getränk anbieten?" fragte sie gastgeberisch.
„Ach ja, verstehe. Sie haben die Zahl drei etwas unüberlegt nach oben aufgerundet gefunden, oder? Sie meinen, ich habe Ihre drei Freunde nicht zur Gänze kennengelernt, sondern nur einen ganz kleinen Teil von ihnen, den, der sich in den ersten Minuten einem Fremden zeigt, ist das das Lustige?"
Sie antwortete nicht gleich, sie überlegte, aber schien immer noch oder wieder belustigt zu sein. Das gefiel ihm eigentlich gar nicht.
„Ja, das muss es gewesen sein, Sie haben Recht."
Immerhin.
„Sie haben mich aber auf die falsche Fährte geführt, Sie haben selbst gesagt, ich habe sie kennengelernt."
Das lief wieder nicht gut. Es wäre an der Zeit, vom Thema wegzukommen, es komplett zu wechseln und nie wieder aufzubringen.
„Ich verzeihe Ihnen jedoch, Schwamm drüber."
Sie lachte wieder.
„Das ist großzügig von Ihnen, Danke."
Möglicherweise könnte er sie glauben lassen, er sei absichtlich lustig gewesen. Das würde ihn retten.
„Es freut mich sehr, dass Sie meinen Sinn für Humor verstehen, es versteht ihn nicht jeder…"
„Ja, er ist etwas ungewöhnlich."

„Viele Leute, die ihn nicht verstehen, halten mich für komisch."
„Oh, das kann ich mir nicht vorstellen!"
Ironie? Bitte nicht. Es muss bald etwas Substanzielles von ihm kommen, sonst ist er verloren.
„Ihre Einrichtung, beziehungsweise der Mangel derer, macht mich neugierig."
„Ach so? Worauf?"
„Wundert mich, wollte ich sagen."
„Ich finde das Zimmer eigentlich nicht zu leer, finden Sie es zu leer?"
„Es ist ziemlich leer."
„Was würden Sie hinzufügen?"
„Ich weiß nicht… Einen Sekretär, einen Vogelkäfig, einen Diwan, vielleicht?"
„Verstehe… also mehr Richtung 18. Jahrhundert Boudoir?"
Ihr lächelndes Gesicht verriet gar nichts. Wusste sie alles? Wusste sie nichts? War sie die Stärkere oder die Schwächere? Was war in den übrigen Zimmern? Sie blieb noch elf Minuten und widmete sich dann wieder jemand anderem.

Lipitsch beunruhigte es nicht, dass dies ein Mann war. Witzigerweise erwecken Eifersucht bei einem Mann nur diejenigen Männer, die er selbst als anziehend einschätzt. Den einen da hatte er im Ringen geschlagen, niemand paart sich mit Versagern. Auch als sie den Kopf lachend nach hinten warf, blieb er gelassen.

Frauen jedoch sind diesbezüglich eindringlicher, sie wissen, man kann es nie wissen. Lipitsch wusste zusätzlich zu so vielen anderen Dingen also nicht, dass das der Grund war, warum Mathilde seine Gespräche beobachtete. Er blieb ganz bescheiden den ganzen Abend der Meinung, dass sie eine hervorragende Gastgeberin war.

Langsam stellte sich letztendlich die Frage, worauf dieses Treffen hinaus will und wann es an der Zeit wäre, sich zu verabschieden. Von außen betrachtet war es klar, dass alle Gäste Sonnenblumen waren, die sich ständig zur strahlenden Gastgeberin drehten, und auch Lipitsch fühlte, Mathilde hatte ihm den Kopf verdreht. Ein paar Gäste, die früher gekommen waren und bereits länger in diesem Raum eingepflanzt standen, waren reifer und auch schon trocken, sie senkten ihre Köpfe. Trotzdem ging noch niemand heim. Lipitsch erlebte einen ganz neuen und gar nicht so kurzlebigen Genuss, als er beschloss, als Erster zu gehen.

*

Als Lipitsch am nächsten Tag aus einem unruhigen Schlaf erwachte, stellte er fest, dass er keinen Kater hatte. Auch spürte er keine Schauer der Selbstverachtung bei den Erinnerungen an den Abend. Er gratulierte sich noch einmal zu seinem zeitgerechten Abschied.

Um den ungewöhnlichen Zustand in vollen Zügen auskosten zu können, dachte er viel über den Abend nach. Er fand es schon immer komisch, wenn Leute ihm bei ihren kleinen Feiern, die sie ab und zu bei sich zu Hause zu irgendeinem Anlass, ja, ein Anlass musste sein, im Bekanntenkreis veranstalteten, anlässlich der Feier noch ihr ganzes Haus zeigten. Zu welchem Zweck? fragte er sich immer. Ging es um das altbekannte Dilemma: Wenn eine Lampe im Schlafzimmer hängt, und niemand dort ist, um sie zu sehen, hatte man wirklich 699 Euro gebrannt?

Oder war es um anzugeben, dass überall aufgeräumt war, nicht nur dort, wo die Feier stattfand, also theoretisch im Wohnzimmer aber tatsächlich in der Küche. Alles schön und gut, aber er zog sich auch nie aus um zu zeigen, dass seine Unterwäsche in Ordnung war, sauber und ohne Löcher, männlich, farblich unauffällig, dezent im Schnitt, dachte er sich immer wieder, es war ein besonders hartnäckiger Vergleich.

Ein Zeichen der Anerkennung dieser Diskrepanz, ein Ansatz eines Kompromisses, war das von den Gästen erwartete Ausziehen der Schuhe. Da zeigte man immerhin die Socken, die ganz und paarweise wie die Gäste zu erwarten waren. Inkonsequent wie er war, erkannte Lipitsch diesen Schritt Richtung Kompromiss nicht, er hätte die Schuhe gerne anbehalten. Ein Mann in Anzug und Socken ist fast so lächerlich wie ein nackter Mann in Socken, das stimmt schon, ein besockter Mann kann nicht verführen. Vielleicht war gerade das die Absicht einer Feier, wo man paarweise auftrat: Den Unterschied zwischen Mann und Frau durch die Ähnlichkeit der Socken abzuschaffen, um sich mit voller Kraft dem Gespräch zu widmen. Denn, lass uns ehrlich sein, heutzutage gibt es, abgesehen von der Größe, wenig Unterschied zwischen einer männlichen und einer weiblichen Socke. Meistens, im Idealfall sogar, leider, sind beide schwarz. So etwas wie eine weibliche Socke gibt es nicht. Bunt, gestreift, blumig, alles, worauf sonstige Kleidungsstücke zurückgreifen können, um sich weiblich zu machen, bleibt der Socke einer Frau verwehrt. Bunt, gestreift und blumig sind nur Kindersocken. Die einzige Socke, die weiblich ist, ist eine unsichtbare, transparente Strumpfhose. Diese jedoch bedarf eines eleganten Schuhes mit Absatz. Eine schuhlose Strumpfhose ist am schlimmsten: Sie scheitert kläglich daran, den Sinn einer Socke zu erfüllen, sie zeigt genau das, was sie verstecken müsste – die Zehe. Das alles, also die durch Socken erreichte Geschlechtslosigkeit und der damit verbundene Zwang, sich auf das Gespräch zu konzentrieren, würde auch das Fehlen von Musik erklären. Gott, wie viele schuh- und musiklose Feiern Lipitsch in seinen menschlichen Zeiten durchmachen musste!

Noch trister waren Feiern in den s.g. Gemeinschaftsräumen. Der Raum gehörte der zufälligen Gemeinschaft, die dadurch vereint war, dass sie den gleichen Wohnblock teilte sowie die Abneigung, ‚Fremde' in der eigenen Wohnung zu haben. Man musste sich für die Nutzung des Raumes rechtzeitig im Voraus anmelden, denn das Bedürfnis, immer wieder ‚Freunde' einzuladen, war doch groß. Die Gemeinschaft selbst traf sich nie, man kannte sich doch nicht einmal untereinander, und der Gemeinschaftsraum war eigentlich ihres Wissens alles, was sie gemein hatten.

Der einzige Vorteil zu den Feiern in den Wohnungen war der, dass man mit den Dingen lockerer umgehen konnte, ohne besonders aufpassen zu müssen, weil Dinge schon von Anfang an grindig gewesen waren. Den Gemeinschaftsraum hatte man leer zur Verfügung gestellt bekommen und so stand er auch eine Weile da, bis die ersten Dinge in den neuen Wohnungen abgenutzt worden waren und statt auf der Mülldeponie, die etwas ungünstig lag, im Gemeinschaftsraum deponiert wurden. Sobald aber so ein Ding dort stand, wurde einem plötzlich bitter bewusst, dass erstens das Ding eigentlich noch tadellos war, man hätte es nicht durch etwas Neues ersetzen müssen, und dass zweitens das Ding von den anderen Bewohnern in Anspruch genommen werden konnte, und zwar selbstverständlich. Also kam es ab und zu zu Notizen auf dem Gemeinschaftsbrett, wo man bescheiden zu wissen gegeben hatte, dass das, was gerade im Gemeinschaftsraum beigesteuert wurde, gerne von allen benutzt werden konnte. Nichts zu danken, gern geschehen. Frau Schmidt (Top 3).

Mathilde, hingegen, lud in ihr Wohnzimmer ein, trug Schuhe und ließ auch alle anderen Schuhe tragen. Sie trug eine hauchdünne Strumpfhose, die an Haut erinnerte. Sie spielte Musik und zeigte dabei Geschmack. Lipitsch war da übrigens relativ streng und im Großen und Ganzen mit der Devise ‚über Geschmack lässt sich nicht streiten' einverstanden: Wer seinen (also Lipitschs) Geschmack hatte, hatte ihn. Sonst hatte er keinen. Darüber lässt sich wirklich nicht streiten. Und sie zeigte ihr Haus nicht. *Summa summarum*: Sie machte alles so, wie es Lipitsch für richtig gehalten hatte, bis er damit konfrontiert wurde. Und ja, sie war reizend gewesen… Jetzt verstand Lipitsch langsam den Sinn der Hausführung und die Sinnlosigkeit der Verführung.

Er sollte diese Frau meiden.

*

„Einer Einladung muss eine Gegeneinladung folgen", dachte sich Lipitsch ein paar Tage danach.

Weil sich Höflichkeit hier als guter Vorwand präsentiert hatte, wurde sie dadurch rehabilitiert und wieder ins Spiel gebracht.
„Das ist erst eine unerwartete Einrichtung!“ sagte Mathilde, als sie hereinkam, und schaute sich um. Sie schien belustigt zu sein. Lipitsch war aber nicht dafür da, um sich auslachen zu lassen.
„Fremd bin ich eingezogen, fremd zieh ich wieder aus“, erwiderte er, gut vorbereitet.
Sie warf ihm einen Blick aus dem Augenwinkel zu und deutete mit einem ihrer Mundwinkel Verständnis und die daraus folgende Komplizenschaft an. Sie erkannte das Zitat als das, was es war, also als *Zitat*, und tat so, als würde sie auch seinen Ursprung kennen. Er erwartete weder mehr noch weniger von ihr. Er war sich sicher, dass sie seinen Ursprung nicht kannte. Sie mag schlau sein, gebildet ist sie aber mit Sicherheit nicht. Es bleibt nicht viel Zeit für Bildung, wenn man berufstätig und gleichzeitig so gut gepflegt ist.

Lipitsch machte Kaffee und belustigte Mathilde dabei mit den fremden Utensilien, die er dafür benutzte. Alles lief gut, und Mathilde stellte interessante Fragen, denen er sich ausnahmsweise gerne stellte, denn sie ließen ihn bei den Themen verweilen, die er mochte. Dann wollte sie noch wissen, warum Lipitsch eigentlich so menschenfeindlich gesinnt war, was für schlechte Erfahrungen hatte er gemacht, wollte sie wissen, und Lipitsch meinte zuerst, die

Frage sei etwas impertinent, gleich danach wollte er sie aber unbedingt beantworten, als Entschuldigung für seine etwas zu direkte Beleidigung.

Wo soll er anfangen? Am besten am Anfang des Tages. Den Wecker darf er nicht infrage stellen, den hatte er sich immer selbst gestellt. Das Gedränge in der U-Bahn, da fing es an. Alle fingen in der Früh an, damit sie ja kein Gedränge verpassten, sodass es für alle gleich unangenehm also gerecht war. Einst musste man alten und behinderten Menschen den Sitzplatz überlassen, von denen gab es viel zu viele, jetzt ist das nicht mehr so, jetzt wird man nur noch aufgefordert, den Menschen, die ihn notwendiger brauchen, den Sitzplatz zu überlassen, aber trotzdem …

Dann die Gratiszeitungen. Er las die Artikel nie, nur die artikelfreien Titel, Bub (11) schlägt Vater mit Hammer, Sterbender Zwilling hält Hand der Schwester, Mann erschießt Ehefrau, denen konnte er nicht entfliehen, wohin auch immer er schaute, da waren sie, zahlreich wie die Köpfe der monströsen Meute selbst, die gesichtslos war, wortwörtlich, weil hinter der Zeitung versteckt.

Natürlich gab es einige, die der U-Bahn und der Gratiszeitung entfliehen wollten, das waren die, die sich neben der 2,50-Euro-Zeitung dazu noch ein Auto leisten konnten. Von denen gab es leider Gottes auch nicht wenige, jedenfalls deutlich mehr als Parkplätze. Ach, das ewige Parkplatzsuchen, er sagt es uns. Dann war schon die U-Bahn besser.

Danach betrat man den Käfig des Arbeitsplatzes. Wenn man Glück hatte, waren nur ca. zwei Drittel der Zeit unerfreulich, aber da musste man wirklich schon großes Glück haben. Und man musste mit Menschen auskommen, das musste man auf jeden Fall, denn man hatte selbst behauptet, teamfähig und stressresistent zu sein. Ja, er sagt es uns: Sitz-, Park- und Arbeitsplätze, das war das Schlimmste.

Das kam aus Lipitsch heraus, und er war nicht wenig überrascht. Es klang wie eine ganz oberflächliche Wut, ein ganz normaler Verdruss eines Stadtmenschen, der sicherlich allen eigen war und letztendlich vielleicht nicht der unangenehmste Faden, der die menschliche Gemeinschaft verband. Jedenfalls musste er feststellen, er spielte bei seinen Ekelergüssen immer noch nach den alten Regeln der zwischenmenschlichen Beziehungen, er versuchte immer noch (oder wieder?), verstanden zu werden und die Meinung zu *teilen*. Auf keinen Fall zu tief in das Ekelige greifen, damit es Mathilde nicht davor grauste. Ja, appetitlich wollte er sich geben.

„Es klingt aber so, als ob Sie das Stadtleben hassen und nicht die Menschen an sich“, merkte Mathilde an.

Konnte sie Recht haben? Nein, Lipitsch war ein Stadtmensch, die Stadt liebte er! Es waren deren Bewohner, die Menschen, die Menschheit! Er widersprach ungern, aber Mathilde lag da vollkommen falsch. Und sie sah es ein, und alles lief so zweifellos gut, dass Lipitsch beim Abschied etwas unüberlegt und womöglich voreilig sagte:
„Es war schön, mit Ihnen zu reden."
Schön hatte er gesagt statt nett. Obwohl sie einverstanden war, musste er präventiv erläutern:
„Es ist manchmal leichter, mit Fremden zu reden."
So ist es.
„Man kann Dinge sagen, ohne zu befürchten, dass man dafür später noch zur Rechenschaft gezogen wird …"
Ja, so war es. Lass uns Fremde bleiben.

*

Lipitsch hatte, bevor er ausgestiegen war, in der Hauptstadt gewohnt. Im ersten Bezirk. Er wohnte im Ersten, damit er, wenn jemand ihn fragte, wo er wohnte, antworten konnte: „Im Ersten." Zwischendurch hatte er auch einmal im Zweiundzwanzigsten gewohnt, weil seine Lebensabschnittspartnerin eine Naturliebhaberin und kompromisslos gewesen war. Die Natur würde sie nicht aufgeben wollen, sie sorgte zuverlässiger für Entspannung und bot bereitwilliger Trost als Lipitsch, der erst seit Kurzem da war und die Natur, hingegen, schon ewig. Und Lipitsch hatte sich überzeugen lassen; was tut man nicht alles aus Liebe zu Lebensabschnittspartnern.

Während dieser Zeit beantwortete er die ewige Frage mit: „Im Zweiundzwanzigsten, aber ich bin im Ersten aufgewachsen." Unausweichlich und berechtigt stieß das eines Tages auf Spott: „Ich wusste nicht, dass man im Ersten aufwachsen kann", wurde ihm auf einer Feier erwidert, und die versammelte Gesellschaft lachte. Lipitsch verstand die Pointe nicht, spürte sie aber dennoch schmerzhaft. In der Regel erholte er sich von solchen Schlägen schnell wieder, meistens mit dem Gedanken, dass das, was zum Dorn in den Augen anderer wurde, bestimmt im Neid wurzelte.

Er zog wieder in den Ersten, sobald die Liebe zu Ende war. Es war besser so, sie waren aus zwei verschiedenen Welten, es hätte nie funktionieren können. Sie war aus einem Holz geschnitzt, und er war aus einem Eisen geschmiedet. Mit dem Wohnsitz im Ersten findet man auch schnell wieder eine Neue, Frauen legen viel Wert auf Lage.

Allerdings war es harte Arbeit, im Ersten zu wohnen. Nicht nur, weil die Miete hoch war, nein, die Miete fiel in diesem Fall sogar unter Nebenkosten. Es waren wahrscheinlich allem voran die trampelnden Touristenhorden, die das Überleben auf den Straßen schwer machten. Lipitsch glaubte jedenfalls, mit der Auswahl seines Wohnsitzes gezeigt zu haben, dass er bereit war, für die Schönheit der Umgebung einen entsprechend hohen Preis zu bezahlen, denn er war ein Ästhet, ein Kunsthistoriker, ein urbaner Poet. Man musste nur alles, das als Sichtschutz über der Schönheit lag, ausblenden. Souvenirshops, Wagerl der Eisverkäufer, Standerl mit Klumpert, Pferdescheiße am Gehsteig. Nein, beim Letzteren war es ein wenig anders, das Letztere sollte man nicht ausblenden, sondern im Gegenteil danach Ausschau halten, um noch größere Unannehmlichkeiten zu vermeiden. Unter der Oberfläche war sie jedenfalls immer noch da, die alte Schönheit, ganz bestimmt, sonst wären die Touristenhorden woandershin gelenkt worden. Und wahrscheinlich blieb Lipitsch gerade deswegen so von dieser Schönheit überzeugt, weil er sie so selten bemerkte – im Gegensatz zu Touristen musste er nicht krampfhaft versuchen, sie sofort zu sehen, er hatte schließlich immer die Gelegenheit dazu, sein Aufenthalt war nicht touristisch begrenzt, er wohnte ja nicht umsonst im Ersten.

Auch war es ihm gelungen, alle Regenschirme auszublenden, auf denen Van Goghs Sonnenblumen dem Regen und Geschmack trotzten, und alle Küsse von Klimt, die auf den Seidenschals zu erkennen waren.

Er sah die Bettler nicht mehr.

Er sah die Alten und Behinderten nicht.

Er wunderte sich nicht mehr über den unsichtbaren Mann, der in einem goldenen Anzug am Straßenrand saß.

Er wunderte sich auch nicht über alle anderen regungslosen Menschen, die Statuen nachahmten, und allmählich hörte er auch auf, den Sinn des Dranges in Frage zu stellen, regungslose Gestalten auf einem Foto festhalten zu wollen.

Er wunderte sich nicht mehr über Pferdekutschen, die der Zeit trotzten. Wie Pferde trug auch er Scheuklappen, um ungeschoren und ohne Auszucker durch den Tag zu kommen.

Ja, Lipitsch hatte die Stadt gemeistert, er war ein Virtuose des Ausblendens (nur die Pferde- und Hundescheiße bemerkte er immer). Das kann nicht jeder, das können nur die Geübtesten. Wer sich die Miete im Ersten leisten kann, kann sich keine Sensibilität mehr leisten.

Niemand möchte Lipitschs Leistung schmälern, aber in Klammern sollte ehrlicherweise und vollständigkeitshalber vielleicht angemerkt werden, dass heutzutage Hundescheiße keine richtige Gefahr mehr darstellt. Leute benutzen in der letzten Zeit brav das

Sackerl fürs Gackerl ihrer besten Freunde. Hunde gibt es nach wie vor viele, mehr sogar, seitdem Chihuahuas gesellschaftlich akzeptabel sind, und so ein Freund passt in jede Tasche. Er hat den Platz vom Tamagochi eingenommen und das ist schon wesentlich normaler, obwohl immer noch zu klein für einen richtigen Hund.

Es muss viele Liebebedürftige geben, wenn eine Stadt so von Chihuahuas wimmelt, und das ist auch kein Wunder, das Leben ist ja bekannterweise hart und die Welt kalt. Lipitsch seinerseits wollte aber nie einen Hund haben. Keine bedingungslose Liebe, keine Wache vor dem Hass. Diesen soll man wachsen und gedeihen lassen, damit man durch ihn endlich richtig entwurzelt wird und wegfliegen kann.

*

Der Zufall, das Wort Zufall, beschäftigte Lipitsch in der letzten Zeit sehr. Nachdem er durch und durch ein Mann des Verstandes war, schämte er sich dafür. Zufälle sind, samt Nachtträumen und Wahrsagerinnen eindeutig etwas für Frauen. Deshalb musste er versuchen, den Zufall auf den gesellschaftlichen Rahmen zu begrenzen, auf ein Ereignis zu reduzieren und die Rolle, die er für Menschen spielte, zu betrachten, statt ihn metaphysisch zu deuten. Für so einen Versuch eignete sich die essayistische Form am besten. Der juristische Standpunkt war naheliegend – Jus ist auf jeden Fall großteils diesseitig. Und wenn er den Zufall noch dazu negativ konnotierte, war er zu 100% auf der sicheren Seite.

Er unterstrich also zu Beginn den widernatürlichen Charakter (fast hätte er ‚Natur' statt Charakter geschrieben) der Gesellschaft. Als eine nicht zu wertende Tatsache, natürlich, denn die Natur war (bei aller Misanthropie) wahrlich nichts, was einer Gesellschaft vorzuziehen wäre. Dann definierte er den Zufall als widergesellschaftlich.

Es ist die oberste Aufgabe der Gesellschaft, der Sinn ihrer Existenz, alles Zufällige zu verbannen, meinte er. Die Gesellschaft soll den Menschen Stützen bieten, auf die man sich *immer* verlassen kann. Im Rahmen der Natur legt der Zufall *per definitionem* genauso viele Fallen wie unerwartete Stützen bereit, man weiß es nie, man ist gespannt, immer auf der Lauer, und man sehnt sich vergeblich nach Ruhe und Sicherheit.

Der Mensch soll also vor dem Zufall, der gnadenlos in der Natur regiert, durch die Festung der Gesellschaft geschützt werden.

Wenn man von der Herrschaft des Stärkeren in der Natur redet, soll man nicht vergessen, dass der Stärkere nur von dem allmächtigen und kapriziösen

Zufall als dessen Stellvertreter und Vollstrecker ernannt wurde: Dank Glück in der genetischen Lotterie und in den günstigen Bedingungen der Umwelt steht er *a posteriori* als Stärkster da und stiftet Unruhe.

Die Gesellschaft hingegen steht also für die (vom Zufall unabhängige) Gerechtigkeit, und obwohl man es an sich nicht als ungerecht empfindet, wenn man hört, der Stärkere hat gewonnen (*natürlich* hat er gewonnen!), geht die Gesellschaft noch einen Schritt weiter und meint, es war ungerecht, dass der Stärkere bei seiner Geburt einen unfairen Vorsprung erlangt hatte und gibt dem Schwächeren etwas, was man im Bereich der Sportwetten *Handicap* nennen würde. Wir sind alle gleich erschaffen, behauptet die Gesellschaft hartnäckig und verdeckt durch ihre eigene (naturwidrige) Spielregel ihre Lüge.

Einem Lahmen wird also in Gesellschaft geholfen, es werden ihm Türen aufgehalten, es wird ihm ein Sitzplatz angeboten. Er wird aufgrund seiner Langsamkeit nicht beschimpft, ganz zu schweigen von aufgefressen. Ein Gesunder hingegen bekommt keine Hilfe und wird bei jedem Schritt und Tritt für seine Fehlleistungen getadelt, aber das ist gerecht, denn er kann Schritte und Tritte machen und frohlocken.

Im Jahre 1998 gewann eine Harfespielerin, die im Supermarkt von einer Colaflasche, die in dem

Moment explodierte, als sie vorbeiging, verletzt worden war und ihre Karriere beenden musste, die Klage auf Schadenersatz. Die besagte Firma musste für das Einführen des Zufalls in die Gesellschaft teuer bezahlen. Und man fand es gerecht, denn das Erlernen eines Instruments kostet viel Mühe und jahrelange eiserne Selbstdisziplin, und darüber hinaus geht man gerne in ein Konzert.

Im Jahre 2006 wurde ein 30-jähriger Mörder freigelassen, nachdem sich herausgestellt hatte, dass die DNA-Probe, mit Hilfe derer er erwischt wurde, ihm entnommen worden war, als er noch minderjährig gewesen war, und laut Gesetz an seinem 18. Geburtstag aus der Datenbank gelöscht hätte werden müssen. Durch einen Zufall wurde sie nicht gelöscht, also wurde er durch einen von ihm unbeeinflussbaren Zufall erwischt. Man fand seine Freilassung ungerecht, weil der Mörder ein Mörder war. Es ist aber einer gerechten Gesellschaft lieber, einen kleinen Mörder als den großen Zufall freizulassen. Ein Mörder (solange er kein Herrscher ist) hatte es noch nie geschafft, ein allgemeines Chaos zu verursachen.

Es müsste an diesem Versuch noch gearbeitet werden, aber Lipitsch hatte in der letzten Zeit gewisse Aufmerksamkeitsstörungen, die er sich nicht richtig erklären wollte. Es musste am Wetter liegen.

*

Der Herbst war außergewöhnlich warm, fast wärmer als der Sommer. Er war so warm, dass man sich traute, die Nachbarn, an denen man sonst vorbeiging, darauf hinzuweisen. Alle waren einverstanden, dass das für diese Jahreszeit nicht normal war, dass es früher nicht so gewesen war, und dass die Natur aus den Fugen geraten ist. Man verstand sich gut.

Lipitsch, der die Kälte hasste, freute sich darüber, dass er wieder einen Versuch wagen konnte, in seinem Garten zu arbeiten. Er fand die Welt in Gelb schön. Auf einmal fiel es ihm viel leichter als sonst, ihre Schönheit zu genießen, und alles war fast mühelos, und das Gelb und die Wärme versprachen einen Ansatz von Glück.

Und dann kam Mathilde aus dem Haus. Und Lipitsch fühlte aufgeregt wieder diese Macht, die er schon einige Male festgestellt hatte, sie herbeidenken zu können. Wie oft es schon passiert war, dass sie sich gerade dann blicken ließ, als er über sie nachgedacht hatte! Er zog die Möglichkeit, dass ihm der Gedanke an sie zum ständigen, stillschweigenden Begleiter geworden war, der nur in jenen Fällen auf sich aufmerksam machte, in denen er auf Mathilde aus Fleisch und Blut traf, natürlich nicht in Betracht – wie könnte er auch?

Sie bemerkte ihn nicht. Heute trug sie ein knielanges gelbes Kleid ohne Mantel. Als sie sich von ihm entfernte, sah er sie von hinten lange Zeit geradeaus gehen, er konnte ihr nachstarren. Brachte sie sich absichtlich farblich mit dem Herbst in Einklang? Das würde bedeuten, sie sah nicht nur sich selbst, sondern zog den Hintergrund in Betracht, das konnte bestimmt etwas bedeuten. War das mehr oder war das weniger selbstbezogen? Es konnte vieles bedeuten. Es konnte auch zufällig sein. Sie drehte ihre Fußspitzen ein wenig nach außen. Überraschenderweise trug sie meistens flache Schuhe, obwohl sie nicht groß war. Beides machte ihren Gang mädchenhaft, was keinesfalls im Einklang mit ihrem Gesicht war.

Wäre es möglich, den Herbst als schön zu empfinden, wenn er ewig dauern würde? Fragte Lipitsch seinen Notizblock. Nein, antwortete er. Im ewigen Herbst wären wir von dem Gelb der Blätter nicht plötzlich ergriffen, wir würden die Früchte der Rosskastanien nicht wahrnehmen, wenn sie ewig glänzen würden. Ist Vergänglichkeit also die Bedingung der Schönheit? Ist ein ewiges Himmelreich als schön überhaupt vorstellbar? Es ist nur im Moment vorstellbar, entschied Lipitsch.

Er überlegte in weiterer Folge, wie man diese Erkenntnis auf die Nachbarin anwenden konnte. Er überlegte in der letzten Zeit oft, wie man Dinge auf die Nachbarin anwenden konnte. Wäre sie genauso schön, wenn sie nicht mit einem solchen Eifer ihre Kleidung und Frisuren variierte? (Eifer passte jedoch nicht zu ihrer ruhigen Eleganz, was würde dazu passen? Sie würde sicher wissen, was dazu passte ...) Wäre sie also in diesem Fall nur momentan schön? Muss weibliche Schönheit auch im Gegensatz zu sich selbst auftreten, d. h. muss sie durch kurze Pausen der Hässlichkeit unterbrochen werden, oder genügt ihr der Gegensatz zu den anderen Wesen? Es kann auf jeden Fall festgestellt werden, dass sich die Schönheit der Nachbarin im Laufe der Zeit entfaltete. Ihr Kleid war manchmal erst als Gegenstück zu dem, was sie am Tag davor getragen hatte, interessant. Und manchmal trug sie einen alten männlichen Schlafrock, wenn sie in der Früh die Zeitung von der Fußmatte aufhob. Der stand ihr genauso gut. Schade, dass sie ihn nur so schamhaft kurz ausführte. Wem gehörte der übrigens? Seinem Vorgänger?

Nein, nein, nein. Lipitsch hatte bei Gott keine Absicht zu versuchen, sich der Nachbarin so anzunähern, dass sie eine seiner Frauen werden konnte. Das würde sie werden, wenn sie es ihm erlauben würde, das konnte er nicht bezweifeln. Jede Frau ist im Alltag alltäglich, so wie jede Katze in der Nacht grau ist. Es war jedoch schön, davon zu träumen, dass Mathilde anders war.

Und da war sie wieder, am Ende der Straße, klein und gelb wie ein Kanarienvogel, mit einem Plastik-

sack in der Hand. Auf einmal war der Wunsch, sie zu treffen, zu begrüßen, ihr zu sagen, dass der Herbst zu warm war, so deutlich, dass er ihn nicht mehr leugnen konnte. Er wollte sie allein im Vorbeigehen sprechen, sonst nichts. Sein Wunsch beschnitten und kleingehalten. Unnatürlich wie ein Bonsai. Bonsai ist Geschmacksache, also reden wir nicht länger darüber. Lipitsch holte jedenfalls seinen Einkaufskorb, der als Zeichen einer anderen Absicht dienen sollte, und machte sich auf den Weg. Natürlich musste er wegen der geraden Straße auf den Boden schauen, eine Annäherung, die zu lange dauert, ist peinlich für alle Beteiligten, das weiß jeder. Er spielte ‚in Gedanken versunken'. Dann spielte er ‚überrascht', und sagte „erfreut". Er habe sie nicht gesehen, sie ist ein herbstliches Bäumchen, und das Kleid ist schön. Ihre Augen glänzten wie Kastanien, aber das wurde sicherheitshalber doch lieber verschwiegen. Darf er ihre Einkäufe tragen? Na ja, dann bis zum nächsten Mal. Nein, da wäre noch etwas:
„Dieser Herbst ist unglaublich warm, oder?"
„Ja, das stimmt."
„Ab und zu kriegt man ein… fast apokalyptisches Gefühl, finden Sie nicht?"
„Sie reden wie Schimanovsky, der alte Sack. Er glaubt ‚das Ende ist nah'."
Schimanovsky, der alte Sack! Aus dem zivilisierten Mund von Mathilde!
„Der alte Sack?" lachte Lipitsch, irgendwie angenehm überrascht.

Schimanovsky war der älteste Mann in der Straße. Er hatte einen Buckel und ging einmal pro Tag unerträglich langsam mit einem Gehstock und seinem dicken Hund Gassi, auf die Tränendrüsen drückend. Mathilde zeigte sich bereit, sich gegen diesen Druck zu wehren:

„Er macht sich keine Sorgen, wissen Sie? Er möchte, dass die Welt mit ihm zu Ende geht. Niemand soll sich amüsieren, wenn er nicht dabei ist. Auch bei jeder Epidemie zeigt er sich hoffnungsvoll. Und wenn er sagt ‚das bleibt niemandem erspart', lässt er sich jedes Wort auf der Zunge zergehen, ich sage es Ihnen ehrlich, er sabbert und spuckt, wenn er über den Weltuntergang redet."

„Sie sind gnadenlos", sagte Lipitsch strahlend. Mathilde lächelte, sie schien zufrieden zu sein.

„Und der dicke Dackel…" fügte sie hinzu, sinnlos, ein Klangornament als Zeichen ihres momentanen Übermuts.

„Ich muss das Sorbet in den Gefrierschrank bringen, es ist eindeutig zu warm draußen", verabschiedete sie sich elegant, knüpfte somit das Ende an den Anfang und ließ nichts lose hängen. Sie ging mit einer neuen Schicht nach Hause und ließ Lipitsch zum Spar gehen.

*

Obwohl es einige Zeichen dafür gab, dass Lipitsch sich auf den zweiten Abend bei Mathilde gefreut hatte, fanden all diese Andeutungen niemanden, der sie deuten würde, und blieben somit bedeutungslos. Vor allem Lipitsch selbst tat alles, um sie auszublenden. Während er die Tage bis zu ihrem ‚kleinen Zusammentreffen unter den Nachbarn' zählte, setzte er präventiv ein ironisches Lächeln auf und überlegte sich Dinge wie ‚wenn diese Treffen zur regelmäßigen Praxis werden, sollte Mathilde vielleicht doch noch kurz an der Bezeichnung arbeiten' und ähnliches. Wieder einmal musste also der gute alte Hohn als Stütze herhalten, damit Lipitschs Bemühungen, in der Gesellschaft Fuß zu fassen, leichter von der Hand gingen. (Rauchen wollte er zu diesem Zwecke nicht, denn Rauchen ist ungesund.) Wenn übrigens Mathilde ihren Abend anders benannte, wirklich benannte, wie zum Beispiel ‚Die blaue Stunde', wäre das genauso eine Hohnquelle – Lipitsch fand immer eine, zuverlässig war er wie ein Trüffelschwein.

Auch Mathilde ihrerseits konnte ihn kaum erwarten. Wenn auch widerwillig gestand sie sich im Gegensatz zu ihm sehr wohl ein, dass sie eine große Affinität zu ihm fühlte. Sie wusste aber ganz genau, dass er in seiner männlichen Arroganz nie eine Ähnlichkeit zwischen ihnen zugeben würde, also tat sie in ihrer weiblichen List alles, um sie vor ihm zu verbergen. Sie wusste auch, dass sie als Fremde eine größere Faszination ausüben konnte, als sie es als Verwandte täte. Sie wusste es von sich selbst, wie man, aller Arroganz zum Trotz, sich manchmal verbissen nach Zuneigung der Leute sehnt, die fest im Leben verwurzelt zu sein scheinen, die zu Hause sowohl auf der Welt als auch in der Zeit sind; die modische und linguistische Veränderungen absorbieren, ohne diesbezüglich Entscheidungen zu treffen oder sich anderswie gedanklich damit auseinanderzusetzen, wie eine ebenfalls in dieser Erde verwurzelte Pflanze das Wasser aufnimmt. Diese natürliche Weltlichkeit, die man treffender Mondänität nennt, ist mehr als beneidenswert und keineswegs selbstverständlich.

Also spielte sie verwurzelt. Es verging nicht einmal ein Monat, da lud sie wieder zu sich ein. Heimisch spielt man am besten zu Hause. Sie forderte alle mit einer großzügigen Geste auf, sie sollen sich wie zu Hause fühlen, als ob ihr dieses Gefühl nicht auch vollkommen fremd wäre. Sie war eine mittelmäßige Schauspielerin, aber Lipitsch war von ihrer Erscheinung sowie von seiner Arroganz zweifach geblendet und sah ihrer Vorstellung wie in einem Traum zu. Als sie sah, dass er nichts sah, wurde sie selbstbewusster, was beim Schauspielen nur von Vorteil sein kann.
„Bitte, nehmen Sie Platz, Frau Schimanovsky! … Es tut mir so leid, dass Ihre Gattin nicht kommen konnte, Herr Geiger … Was darf ich Ihnen als Aperitif anbieten?“ kam von ihr, als ob nichts dabei wäre.

Früher hätte sie sich große Sorgen gemacht, was aus einem Abend werden konnte, an dem dermaßen verschiedene Welten aufeinandertreffen. Krieg der Welten? Stille im Vakuum? Beides war jetzt vermeidlich. „Frau Fürst ist auch eine leidenschaftliche Gärtnerin, Herr Nowak, kommen Sie her!“ oder „Euch Kinder setzen wir lieber auseinander“, befahl sie, und man folgte lächelnd. Wenn einem nur ein Mensch wichtig ist, kann man mit allen anderen gut umgehen.

Mitten im Wohnzimmer stand ein langer Tisch mit Kanapees und Getränken. Man wurde aufgefordert, sich zu bedienen, und die Gäste durften alles trinken, was sie wollten, wo sie wollten.
„Das Getränk und der Raum sind voneinander vollkommen unabhängig“, sagte Mathilde, jetzt schon etwas übermütig, und alle außer Lipitsch lachten. Frau Koch, auf deren Kosten gelacht wurde, kannte er nicht; sie war verzogen, „sie ist verzogen – das ist alles, was man wissen muss“. Jedenfalls hatte sie auch manchmal zu sich eingeladen, trennte aber die Gäste nach ihrem Getränk: Weißwein ging im Wohnzimmer gerade noch so durch, Rotwein musste aber unbedingt auf den teppichlosen Balkon. Also wirklich? Tratsch? Mathilde, Mathilde… Wie tief kann man sinken, wenn man verwurzelt sein möchte! Aber es gefiel ihr, alle in einem Lachen vereinigt zu haben. So wurde es Lipitsch bewusst, dass er zu ihrem

Königreich noch nicht dazugehörte – es gab Dinge, in die er noch nicht eingeweiht wurde, er musste sich darum noch bemühen.

Die Menge verstreute sich. Lipitsch kreiste mit seinem Getränk, die erteilte Freiheit ausnutzend. Eigentlich hätte er gerne Anweisungen bekommen, einen fixen Platz in einer fixen Sitzordnung – er nahm an, er würde sich so weniger fremd und fehl am Platz fühlen. Schließlich setzte er sich zu Frau Malek auf das Zweiersofa.

Um ganz ehrlich zu sein, hatte Lipitsch für alte Frauen eine separate Schublade, die er im Normalfall zu ließ. Das Öffnen ließ er nicht zu, weil diese Schublade die Büchse von Pandora war, die ganze Misere kam heraus, und alles war hoffnungslos. Aber er rechnete damit, dass dieses *tête-à-tête* auf Mathilde einen positiven Eindruck machte. Ein positiver Eindruck kommt nicht von allein, man muss schon daran arbeiten, das war ihm bitter bewusst. Und nachdem Frauen alte Frauen noch weniger mögen als Männer, d.h. noch weniger als Männer sie mögen, bekam Lipitsch mehr zurück, als ihn das Ganze kostete.

Es kostete ihn aber nicht wenig. Auch sie, Frau Malek, genau wie alle anderen, nutzte ihr schneeweißes, zerbrechliches, unschuldiges Aussehen aus und forderte Mitleid. Ohne Wenn und Aber. Sie war im

Krieg gewesen. Sie war jung gewesen. Sie war unschuldig gewesen, nicht so unschuldig wie jetzt, aber ohne Schuld schon. Es war schwer gewesen. In diesem Gespräch empfindet Lipitsch einen Bruchteil der Schwere von damals. Schwer war der erste Tag, schwer war der zweite Tag, schwer war der dritte Tag, vier Jahre lang. Sie hatten ihr aber noch weit mehr als vier Jahre genommen, ohne eigene Schuld wurde sie zu dem, was sie jetzt war. Sie trägt viel mehr als nur die Last ihrer Jahre. Lipitsch mag auch keine Schuld daran haben, aber diese Last legt er in dem Moment ab, in dem das Gespräch beendet ist, er hat es leicht. Lipitsch starrte auf den Boden, vorübergehend von der Last gebeugt, und nickte.

Mathilde ging mit Vergnügen in seine Falle. In einem viel leichteren Gespräch mit einer ihrer Freundinnen staunte sie darüber, was für ein geduldiger Zuhörer Lipitsch war. Und nachdem er sich weder etwas von Frau Malek als Gegenleistung erwarten konnte noch er als höflich galt, musste sein Interesse am Gespräch ehrlich sein. Seine Liebe zur Menschheit unermesslich. Sein Hass nichts als Symptom eines enttäuschten Liebhabers der Menschheit. Liebe, dein Name ist Lipitsch. Sie übertreibt jetzt.

Herr Schuster unterbrach Lipitsch und Malek zwischendurch mit der Frage, ob Lipitsch Poker spielte. Er hatte „ein OK“ von Mathilde bekommen, seinen

„Pokerkoffer" mitzubringen, und fünf Spieler hatte er schon „rekrutiert". Lipitsch lehnte ab. Es stellte sich heraus, dass er der einzige Mann war, der nicht mitspielen wollte. Gerne hätte Lipitsch Frau Malek verlassen, aber er war ein miserabler Spieler. Auf dem Zweiersofa gab es jedoch weiterhin nur Platz für zwei, und Frau Malek schien nicht bereit aufzustehen. Also hörte Lipitsch ihr weiter zu, während er Mathilde zuschaute.

Sie war kaum wiederzuerkennen. Sie kicherte, sie berührte ab und zu ihre Freundinnen (mit den Händen), sie lachte und faltete ihr Gesicht in eine Fratze, die ihm Angst machte. Noch nie hatte er sie so kichernd, berührend und lachend gesehen. War das die echte oder die falsche Mathilde? Er schaute gebannt zu, ohne sich zu rühren, bis sie verschwand.

Letztendlich bewegte die unermessliche Selbstbezogenheit der alten Frau Lipitsch dazu, an sich selbst zu denken, d.h. unhöflich zu sein und aufzustehen, um Mathilde zu suchen. Sie hieß immer noch Mathilde, weil man Namen körperbedingt verwendet. Er meint, man benennt die Körper anstatt der seelischen Zustände, weil das einfacher ist, weil sich die Körper weniger verändern.

Eine Mathilde stand am Pokertisch. Er näherte sich ihr langsam, bis er sie beinahe berührte. Sie schien

echt zu sein. Er hatte die Ausrede, das Spiel nicht stören zu wollen, und durfte endlich einmal nah sein und flüstern.
„Wer gewinnt?“ fragte er.
„Herr Nowak gewinnt immer, obwohl Herr Schuster immer derjenige ist, der mit dem Pokerkoffer kommt“, antwortete Mathilde, gleichfalls flüsternd, und fragte: „Wieso spielen Sie nicht?“
„Ich spiele nicht gern.“
„Poker, oder …“
„Generell.“
„Wieso bin ich nicht überrascht?“
„Wieso spielen Sie nicht, Sie müssten doch gerne spielen.“
„Weshalb glauben Sie das?“ Und sie kicherte wieder. „Ich muss mich um die Gäste kümmern, ich kann mich nicht auf ein Spiel konzentrieren“, sagte sie, bevor Lipitsch antworten konnte.
Sie wollte an jener Stelle keine Erklärung von ihm. Eine Andeutung war ihrer Meinung nach einer Erklärung vorzuziehen. Sie beobachteten in der Stille den Spielverlauf. Lipitsch wollte kommentieren, aber er konnte nicht. Da gab es nichts für ihn zu kommentieren, befürchtete er.

Auf einmal schlug Herr Schuster mit der Faust auf den Tisch, als sich herausstellte, dass sich seine armselige Hand von einem niedrigen Paar, das er nach den ersten drei Karten weggeworfen hatte, mit den zwei letzten Karten in ein Fullhouse verwandelt hätte.

„Beruhige dich Bernd, es ist nur ein Spiel“, mischte sich Mathilde lächelnd ein, sie nahm es nicht ganz ernst, das Spiel, und das war nicht gut, Herr Schuster war grantig und suderte weiter und grübelte nach, und Lipitsch wurde nachdenklich.

Als der Abend zu Ende war, als es eindeutig an der Zeit gewesen wäre, sich zu verabschieden, fand Lipitsch Mathilde alleine auf dem Zweiersofa sitzend. Er hatte, obwohl er leicht beschwipst war, endlich einen Kommentar, der ihm würdig war: Schrödinger. Er hätte seine Theorie nicht mit einer Katze verkörpern sollen. Katzen sind trügerisch und irreführend. Niemand versteht sie. Hunde sind leichter zu durchschauen, viel treuer, und sie können auch Poker spielen. Also fangen wir an, nachdem die ersten drei Karten aufgedeckt werden: Die vierte Karte kann jede sein, mit Ausnahme von denen, die man sieht. Die Karte hat nur eine Rückseite, aber 47 mögliche Vorderseiten, die erst bei der Aufdeckung auf eine einzige schrumpfen. Vorher ist die bei Gott nicht fix, also ist das ewige „ich hätte gewonnen, wenn ich mitgespielt hätte“ schlicht und einfach ein dummer Satz.

Das war ein guter Kommentar gewesen, aber Mathilde war bereits müde. Sie hatte genug. Lipitsch hätte früher gehen sollen und den tollen Kommentar nicht so sinnlos verschwenden, sondern für später aufheben müssen. Schlecht gespielt, Lipitsch!

*

Witzigerweise hatten sich sowohl Mathilde als auch Lipitsch beide schon gefragt, natürlich nicht einander, sondern sich selbst, ob ihre Zuneigung überhaupt nur vage mit den charakterlichen Eigenschaften des anderen zusammenhing, oder wurzelte sie ausschließlich in der Zuneigung des anderen. Es war von beiden Seiten etwas da, was man Interesse mit Vorbehalt nennen konnte – zwei Pole, die unwillkürlich den Kreislauf der Betörung erzeugen.

*

Lipitsch durfte mittlerweile schon fix damit rechnen, dass Mathilde, wenn sie ihn sah, zu seinem Gartenzaun kam und dort einige Minuten verweilte. Was weiterhin unsicher blieb, war, wann und ob es dazu kam. Da sie normalerweise um drei aus der Arbeit kam, wartete Lipitsch ab drei in einer hundeartigen Erwartung draußen. Wenn sie dann auftauchte, sabberte er innerlich und wackelte mit dem Schwanz.

Es kratzte natürlich ein wenig an seinem Stolz, dass er zu einem Tier wurde, und zu einem servilen noch dazu. Seiner Meinung nach ließ sie seit ihrem kleinen Zusammentreffen unter den Nachbarn auch gerade viel zu viel Zeit verstreichen. Hätte er etwas falsch gemacht haben können? Nein, er war sehr, sehr gesellig gewesen, brav hatte er gefolgt. Vielleicht sollte er auch mal Zähne und wer von Natur aus der Stärkere ist zeigen …

Als ihm zwei Tage später Mathilde freundlich entgegenkam, war er zurückhaltend. Sie merkte nichts – es war in der Tat schwierig, einen zurückhaltenden Lipitsch von einem zuvorkommenden zu unterscheiden. Auf die vergangene Feier bezugnehmend, meinte sie, sie freute sich, dass Lipitsch wieder bereit schien, sich ab und zu mit Menschen um- bzw. abzugeben.

Sie hatte das ein wenig falsch verstanden, fürchtete er. Sie soll sich bitteschön nicht schmeicheln, sie hatte ihn nicht bekehrt. Er hasst die Menschheit weiterhin, eine Schwalbe bringt noch keinen Frühling, versicherte er. Damit meinte er, dass seine Teilnahme an diversen Feiern immer eine Ausnahme war, die nichts zu bedeuten hatte, Mathilde jedoch glaubte, mit einer Schwalbe verglichen zu werden, und errötete innerlich. Von Lipitschs Hass ausgenommen fühlte sie sich gut; besonders, auserwählt war sie und dazu berufen, ihre Mitmenschen unter ihre Schwalbenflügel zu nehmen. Mit einem Anflug von Eifer traute sie sich am Schluss sogar zu meinen, Lipitsch könnte vielleicht seine Einstellung noch ändern.

Lipitsch war aber doch nicht von gestern! Er hatte seine Einstellung zur Welt schon hundertmal geändert, seine Meinung ist aber gleich geblieben! Aus *Erfahrung* hatte er gelernt, dass es ein Teil unserer Erziehung ist, uns in den Glauben zu treiben, dass all das Schlechte an unserer schlechten Einstellung liegt. Und so verweilen wir in der Scheiße, bis wir noch die letzte mögliche Einstellung verworfen haben, und auch danach fällt es uns schwer, die Entscheidung zu treffen, die Scheiße zu wechseln, denn wir haben uns daran gewöhnt und es uns darin gemütlich gemacht, und so behaupten wir sogar, sie lieb gewonnen zu haben, nur um uns keine Trägheit vorwerfen zu müssen. Kein Wunder, dass wir uns so schwer tun, ein solches Leben in Griff zu kriegen. Es ist wider unsere Natur. Die Gesellschaft ist an sich eine widernatürliche Einrichtung, die übrigens ihre Widernatürlichkeit zu verstecken versucht, indem sie die Widernatürlichkeit selbst verleumdet und uns immer wieder auffordert, natürlich zu sein!

Lipitschs Zähne glänzten in der herbstlichen Sonne. Einer davon war golden. Wer hatte heutzutage noch goldene Zähne, fragte sich Mathilde mit einer übermäßigen Neugier, die Lipitsch, wenn er davon geahnt hätte, verärgert nur zynisch mit weiblichem Interesse für Geld und Gold gedeutet hätte. Wie ein Tropfen Gift das ganze Glas Wein vergiftet, und ein Tropfen Wein in ein Glas voll Gift nichts als ein Tropfen ins Meer ist, war ein Stück Gold nicht genug Gutes, um all den Ekel aus seinem Munde zu vertreiben.

*

Ach, Mathilde, Mathilde, wann kommst du wieder? Ich verzeihe dir alles, ich entschuldige mich für alles, ich stehe in deiner Schuld, du bist mein letztes Glück.

*

Manchmal war sie da, manchmal nicht, und der Tag kam, uneingeladen, aber nicht unerwartet, an dem Lipitsch bei dem Gedanken an Mathilde zum ersten Mal einen Schmerz fühlte. So einen Schmerz spürte er überhaupt zum ersten Mal. Er fing in der Mitte des Körpers an, lass uns das überspitzt das Herz nennen, und schoss wie in einem flüssigen Strahl gleichzeitig nach oben und nach unten. Er endete in einem Schauer hinter seinen Wangen. Es war kein gänzlich unangenehmer Schmerz: Man wollte ihn zwar beseitigen, aber man glaubte, dies wäre so einfach, dass man ruhig noch ein wenig genussvoll dabei verweilen durfte.

Und so dachte Lipitsch regelmäßig an Mathilde, fest davon überzeugt, dass er Herr seiner Gedanken war und dass er jederzeit aufhören konnte – bis es zu spät war.

*

Als an einem solch schmerzvollen Tage Mathilde Lipitsch am Gartenzaun fragte, wo er eigentlich gewesen war, damals, als sie sich am Flughafen getroffen hatten, schaute Lipitsch weg, links an ihr vorbei, und gestattete seiner momentanen Traurigkeit für eine alte einzuspringen und sich so verkleidet zu zeigen. Sogar seine Augen waren wässrig geworden. Mathilde wollte ihm nicht zu nahe treten! Nein, nein, es ist schon gut, sie hatte es ja nicht wissen können.

Er meinte, er hätte nicht fahren sollen. Alle hatten ihm ihre persönliche Traurigkeit aufgedrängt, als ob es selbstverständlich war, dass er keine eigene hatte, vor allem diese eine Frau, die immer glaubte, dass sich alles um sie drehte, weil Lipitsch sie einmal geliebt hatte, und Liebe schließlich alles trumpft, meinte sie in ihrer weiblichen Begrenztheit, obwohl alles rund um sie darauf hindeutete, dass es die Zeit ist, die alles besiegt und noch dazu vernichtet.

Und dann waren auch die Neugierigen da, die frohlockten, weil sie am Leben waren und noch aufs Neue hoffen durften und gierig danach waren. Sie wollten wissen, *wie* genau er sich umgebracht hatte und andere Geschmacklosigkeiten.

Und manche Geschmacklosen hatten sich herausgeputzt für den Event, sie trugen aufwendige, zusammenpassende Kleidungsstücke, vorausschauend wasserfeste Schminke, sicherheitshalber, man weiß es ja nie, damit sie auch traurig schön und präsentabel blieben, und manche trugen sogar Schmuck. Ich bin eine schöne Trauernde, meinten sie sicherlich. Ich bin in jeder Lebenslage schön, auch wenn vor mir ein Toter liegt.

Es machte Mathilde traurig, dass Lipitsch so traurig wirkte. Sie wollte ihn in die Arme nehmen, streicheln, stillen. Solche sensiblen Seelen sind nicht für diese harte Welt gedacht; sie sind vom Aussterben bedroht, sie sind selten, also kostbar. Aber gleich warnte sie sich schon vor sich selbst: hüte dich vor dem Mitleid, Mathilde, du weißt ganz genau, dass das die Hintertür in dein Herz ist. Und du weißt auch ganz genau, wie die meisten, die es einmal hineingeschafft haben, dann dazu verleitet werden, es sich dort gemütlich zu machen, und obwohl die Miete hoch ist, schreckt das niemanden ab, denn sie wird meist einfach nicht bezahlt.

Allem Anschein nach verwechselte Mathilde wieder einmal die Ursache mit der Folge und erkannte nicht, dass man, um Mitleid überhaupt erregen zu können, schon in ihrem Herzen sein musste. Sie zog all die Leidenden, an denen sie ungestört vorbeiging, bei ihrer Selbstbetrachtung nicht in Betracht – einfach, weil sie sie nie bemerkt hatte.

Als Lipitsch gemerkt hatte, er hatte Mathilde berührt, entschied er, es war nun die richtige Zeit, sie zu formen, solange sie noch weich war. Unter dem Vorwand, dass der Winter einbricht, aber nur draußen und nicht ins Haus, lud er sie auf eine Tasse Kaffee ein. Sie war weich und biegsam wie noch nie, so traute sich Lipitsch angesichts ihres Zustands am Schluss sogar einen *jour fixe* vorzuschlagen: Eine Tasse Kaffee jeden Freitag nach der Arbeit. Sie willigte ein.

*

Die ersten Male wartete er mit großem Unbehagen, bestehend bald aus Angst, dass sie nicht kommen würde, bald aus vorzeitiger Wut, weil sie vielleicht nicht gekommen sein wird, oder aber auch aus mühsam vorgetäuschter Indifferenz, ob sie kommen würde oder nicht. Ihre Pünktlichkeit wiegte ihn jedoch bald in ein Gefühl von Sicherheit, denn sie wusste ihr Spinnennetz als Hängematte anzubieten.

Sie stellte viele Fragen. Sie wollte Dinge wissen. Neugierige Frau, dachte sich Lipitsch, einmal auch laut, was unhöflich klang (witzigerweise machte es die ‚Frau' unhöflich und nicht die Beschreibung, obwohl Ersteres wahr war und sich über das Zweitere streiten ließe), und er musste sich wieder entschuldigen.

Man schützt sich halt, wenn man mit Blicken und Fragen durchbohrt wird, man möchte ganz bleiben und nicht durchlöchert, man glaubt, man habe ein Geheimnis zu hüten. Wenn es jedoch niemanden interessiert, was in einem steckt, dann kommt es aus allen Löchern heraus, dann trägt man es auf einem Tablett herum und versucht, so viele Menschen wie möglich damit zwangszubeglücken. Aber nur, was der andere will, ist etwas wert. Die Nachfrage bestimmt den Preis, und Lipitsch fühlte sich im Moment wertvoll, „es geht mir heute gut, danke der Nachfrage".

Er merkte nicht, dass die Situation, die Mathilde zu einer ‚neugierigen Frau' machte, dadurch entstand, dass er selbst keine Fragen stellte. Somit war sie genötigt, immer wieder mit einer Frage das Gespräch voranzutreiben. Wenn er sich dagegen wehrte, ging sie einfach frühzeitig. Höflich, lächelnd, durchaus gleichgültig. Sie bestimmte selbst, wie schnell sie ihren Kaffee trank. So erzog sie ihn bald dazu, sich ohne Widerrede gleich zu öffnen, und er musste sich eingestehen, dass ihm das gefiel.

Ab und zu regte sie ihn sogar zum Nachdenken an. Natürlich war sie ihm nicht ebenbürtig, seriös konnte man mit ihr über Dinge nicht diskutieren, aber ihre Gedanken blieben bei ihm hängen. Als er ihr bei Gelegenheit seine gründlich überlegte und fundierte Meinung über die Schwachstellen der Demokratie schilderte, und sie mit ihm nicht einverstanden war, spürte er kurz danach wieder den alten Überdruss, den die uniformen Meinungen der nachplappernden Meute in ihm auslösten und ihn eigentlich in seinen antidemokratischen Einstellungen nur bestärkten. Auf Missverständnis zu stoßen, war also für ihn nichts Neues, er rechnete damit und hatte sein Gefühl der Überlegenheit einsatzbereit, was aber diesmal schon neu war, war ihre Begründung. Sie meinte, die meisten Leute können nicht wirklich singen, es ist eher außergewöhnlich, auf jemanden zu stoßen, der ein Lied vorsingen kann und im Stande ist, jeden Ton sicher zu treffen. Die Menge, hingegen, schafft das immer. Nehmen wir als Beispiel ein Fußballstadion, da kann man ruhig von einer Meute reden, aber gesungen wird immer richtig, eine große Gruppe singt nie eine falsche Melodie. Daraufhin konnte Lipitsch nur gezwungen lachen und gezwungen über ihre Fähigkeiten, einen argumentativen Diskurs zu führen, spotten. (Dadurch wurde ihr klar, dass sie ihn in die Ecke getrieben hatte, und ließ großzügig los. Sie wusste, aus Erfahrung leider, dass, sobald sich eine Frau überlegen fühlt, jeder Mann verjagt wird.)

Manchmal wurde er auch ermutigt, sich zu erinnern. Sie wollte wissen, wie er als kleines Kind gewesen war. Seine ehemaligen Freunde wussten es, sie waren dabei gewesen, ihnen konnte er nichts vormachen. Jetzt konnte er plötzlich mit Sätzen seine Kindheit neu bauen, und darüber freute er sich wie ein Kind.

Und wenn er sich über seine ehemaligen Freunde beklagte, sagte sie vielleicht etwas wie: „Sie wissen doch, was Proust sagt: ‚Man glaubt nie an die Genialität eines Menschen, mit dem man am Vortag zusammen in der Oper war'", was ein angenehmer Balsam für seine Seele war, und er ließ ihn gerne einziehen, ließ sich gerne in den Denkfehler verführen, dass der Mangel an Wertschätzung seiner Freunde schon Beweis genug für seine Genialität war.

Bald empfand er seine Vergangenheit und eigentlich die ganze Welt nur noch als Stoff für die Gespräche mit Mathilde. Und immer, zumindest in seiner Wahrnehmung, wenn er etwas Besonderes mitzuteilen hatte und überlegte, wie er das Gespräch darauf lenken konnte, legte sie ihm eine Rutsche. Das waren Zufälle, bei denen er versucht war, sie als göttlich zu beschreiben.

Ja, Mathilde war gut. Er bekam nie genug von ihr, und auch sich selbst konnte er in ihrer Gesellschaft gut ertragen. Vielleicht war es doch nicht wahr, dass er für die Einsamkeit erschaffen wurde. Vielleicht war es nur die Menge, in der er nicht bestehen konnte. Vielleicht war es sein Schicksal, sich immer wieder nur in einer einzelnen Person zu verlieren …

*

Lipitsch meinte, es falle ihm schwer, über die dunkle Seite der Menschheit zu schreiben, seitdem er Mathilde kannte. Das war als Kompliment gemeint, mehr konnte man von ihm nicht erwarten.

Wie bei jedem Kompliment war viel Lüge dabei. Zum Beispiel, in diesem besonderen Fall, war die ganze Wahrheit die, dass Lipitsch über gar nichts mehr schreiben konnte, denn er dachte nur noch an sie. Er war noch nicht so weit, diese Tatsache anzuerkennen, geschweige denn über sie, über Mathilde, zu schreiben. Über eine Frau wird er bestimmt nie schreiben. So eine Hommage verdient niemand, vor allem aber nicht eine Frau, das kann sie sich gleich abschminken, denn dann wird sein Buch als Liebesroman und/oder Frauentaschenbuch abgestempelt, und mit so einer Erniedrigung könnte er nicht leben.

*

Mathilde meinte, es sei höchste Zeit, Lipitsch das *Du* anzubieten. Lipitsch schaute sie eine Weile an und sagte dann, er habe Angst vor *Du*, *Du* verdirbt alles, *Du* überschreitet (unter dem abgedroschenen Vorwand der Ehrlichkeit) die Grenzen der Höflichkeit, die *Sie* achtet; *Sie* nimmt den Menschen, wie er ist, während *Du* ihn nach seinem Geschmack verändern möchte; *Du* sagt Tschüss, während *Sie* aufs Wiedersehen hofft. Daraufhin schüttelte Mathilde benevolent den Kopf und ließ es bleiben, nicht nur, weil ihr die Ausrede, die eine gewisse Sensibilität preisgab, gefiel, sondern weil Lipitsch die Hoffnung aufs Wiedersehen zugegeben hatte.

So richtig gelangweilt hatte Lipitsch Mathilde nie gesehen. Nie hatte sie abgelenkt oder zerstreut oder gedanklich woanders an ihrem Kaffee geschlürft. Das war ungewöhnlich, stellte er fest, was aber nicht als Zeichen seiner Bescheidenheit bezüglich der eigenen Fähigkeiten im Bereich der Unterhaltung, sondern eher als Äußerung seiner Enttäuschung zu deuten war, was ungewöhnlich, aber wahrscheinlich doch nicht ganz unverständlich war: Eine Frau, die sich in deiner Gesellschaft langweilt, ist unvergleichlich verführerischer als die, die auf der Lauer sitzt und sich kein Wort entgehen lässt, als ob es ein rares, scheues Wild wäre. Die Zweite jagt, während die Erste eine schlüpfrige Beute ist, beinahe unzugänglich in ihrer Indifferenz, in ihrer Andersartigkeit. Andersartigkeit schätzte Lipitsch sehr, das konnte er nicht leugnen, obwohl es nicht für ihn sprach …

*

Eines Tages merkte er, dass der Nagellack auf Mathildes Fingernägeln nur noch teilweise vorhanden war. Es mussten schon Tage vergangen sein, seitdem er nicht mehr perfekt war, jedoch geduldet und nicht entfernt. Es war zugegebenermaßen ein transparenter Nagellack, also war die Schlampigkeit nicht allzu transparent, jedoch auf jeden Fall vorhanden und nachweisbar. Das überraschte Lipitsch. Die Tatsachen kamen also langsam zum Vorschein – hinter einer vollkommenen Fassade versteckte sich eine unvollkommene Fassade. Lipitsch überraschte auch die Erkenntnis, dass er nicht vollkommen blind für ihre Fehler war. Er gratulierte sich herzlich dazu und erfreute sich an dem Gedanken, doch nicht hoffnungslos verloren zu sein. Das ermutigte ihn hingegen dazu, ihre Anwesenheit ungezügelt zu genießen, und damit seine Hingabe ohne Vorbehalte stattfinden konnte, vermied er den Blick auf die fehlerhafte Stelle.

Das Gleiche hatte er schon einmal mit der Formulierung ‚der/des Substantiv ihr-e/sein-e Substantiv', die sie für Besitzbestimmung benutzte, getan. Überhören, nicht darüber nachdenken. Zum Beispiel „Der Nachbarin ihre Katze". Oder mit der Steigerungsform „die Einzigste" oder mit „mit am besten".
Und einmal sagte sie „Ich glaube, es war ein Marder. Jedenfalls ein Nagetier", als sie über einen Pelzmantel

sprach. (Es war in der Tat ein Marderpelz, auf dem Gebiet der Mode war sie schon einwandfrei.)

Alle Fehler, die er am Höhepunkt seiner Zuneigung auszublenden versuchte, wird er sich dann, wenn es zu spät sein wird, immer wieder in Erinnerung rufen. Er wird die Gedanken an ihre Fehler pflegen, er wird sie wachsen lassen bis zum Punkt, an dem sie seine Zuneigung verdrängen sollten – als ob das Fehler schon jemals geschafft hätten.

*

Lipitsch wurde plötzlich bewusst, was ihm fehlte: Eine leere Stelle.

Er hatte sich Mathilde immer mehr, immer lieber geöffnet, bis er eines Tages das Gefühl hatte, ihr Einblick war dermaßen vollkommen, dass sie sich alles in seinem Leben genau vorstellen konnte. Auch die Stellen, die sie niemals gesehen hatte, konnte sie in ihrer Vorstellung gut füllen. Die Frage, ob die Vorstellung der Wahrheit entsprach oder nicht, stellte sie sich bestimmt nicht einmal, und das kränkte ihn.

„Die Liebe besteht zu zwei Dritteln aus Neugier“, wusste er von Casanova. Er gestattete sich mittlerweile schon, Worte wie ‚Liebe‘ zu benutzen und sich auf die Erkenntnisse größerer Liebeskünstler zu berufen, ohne sich einzugestehen, dass er liebte. Nein, er wollte nur verführen, meinte er. Die offensichtliche Frage, was er damit bezwecken wollte, glaubte er glaubhaft zu beantworten, indem er behauptete, es wäre ein Erfolg, eine derart feine Dame zu erobern.

Ja, es war merkwürdig, aber nicht ungewöhnlich: Lipitsch schämte sich weniger, Eigenliebe zuzugeben, als die Liebe zu jemand anderem.

Er dachte über alles nach und stellte fest, er alleine war nicht mehr im Stande, die Neugier aufrechtzuerhalten. Lipitsch im Haus, Lipitsch im Garten, Lipitsch beim Spar. Das war nicht genug, er brauchte Hilfe.

*

Einen Sprachkurs macht er! Monatelang sitzt er im Garten, redet mit keinem, außer mit ihr, freitags, behauptet, ungestört zu sein, ungestört werden zu wollen und jetzt macht er einen Sprachkurs!

Dort gibt es natürlich viele Frauen, denn es ist ein französischer Sprachkurs. Man lernt sich kennen. Es ist eine fortgeschrittene Stufe, Kleidungstücke und Gemüsearten hat man schon hinter sich. Jetzt lernt man unter dem heuchlerischen Vorwand des Sprachkurses den Wortschatz der zwischenmenschlichen Beziehungen.

„Wie selten auch wahre Liebe sein mag, wahre Freundschaft ist noch seltener", trägt Lipitsch bei, von der Lehrerin dazu ermutigt. In der sicheren Zuflucht der Sprachübung lässt der Feigling durch fremde Sätze seine Seele durchblicken. Die Frauen sind beeindruckt. Er gibt bescheiden zu, es ist „geklaut", es ist eine Maxime von seinem „*cher* François". Als ob alles nicht schon schlimm genug wäre, nennt er Leute, die tot sind und sich nicht dagegen wehren können, bei ihrem Vornamen, um zu unterstreichen, wie vertraut er mit ihnen ist. Die Frauen sind ganz ah und oh und ohlala.

Die Masse ist Mathilde egal, aber da gibt es eine, die anfängt, herauszustechen. Sie bekommt bald einen Namen. Oriane. Welch ein literarischer Name! Was für ein Zufall, dass sie so heißt wie die Heldin seines Lieblingsromans. Sogar so eine Nase hat sie wie sie: groß und schnabelartig. Er muss nur noch anfangen, sie in den Gassen zu verfolgen.
„*Nomen est omen*", berichtet Lipitsch mit aufgesetzter Bewunderung.
„*Nasus est casus*", erwidert Mathilde und bekommt dafür einen bösen Blick.
Lipitsch versteht zwar nicht gleich, was das bedeuten soll (Mathilde übrigens auch nicht, aber wie sooft verlässt sie sich auf die Interpretationsfähigkeiten ihres Nachbarn, der aus allem eine Bedeutung herauspresst, und er wird in der Tat das Wörterbuch

bis zum Gehtnichtmehr konsultieren), aber alleine schon durch die Unterstreichung der Nase verdient sich Mathilde einen bösen Blick, denn es soll unter ihrem Niveau sein, sich über körperliche Eigenschaften, für die man nichts kann, lustig zu machen. Das eben ist aber genau ihr Punkt! Diese Frau hat sowohl die Nase als auch den Namen ohne eigenen Verdienst bekommen, geschenkt bekommen, von den Eltern bekommen. Lipitsch demonstriert gerade eine grenzenlose Oberflächlichkeit, und alleine weil sein *cher* Marcel den gleichen Mangel hatte, ist das keine Ausrede, stolz darauf zu sein und es zu pflegen.

Wie gerne man die Fehler der großen Geister teilt! Als ob dadurch auch ihre Genialität auf uns abfärben würde. ‚Ich habe bis zum dritten Lebensjahr nicht gesprochen, so wie Einstein … Thomas Mann ist auch dreimal sitzengeblieben …'
Und bei jedem *mon cher* Marcel könnte sie ausflippen. Sie konnte aber nicht. Zu sagen, er ist, wenn schon, dann *ihr* Marcel, nicht seiner, sie hat ihn ja im Original gelesen, sie war ja auf der Sorbonne (ein Semester als Austauschstudentin, aber lassen wir die Details beiseite), die Übersetzungen wimmeln von Fehlern und Missverständnissen, das alles stinkt, es ist allem voran kindisch, und darüber hinaus stinkt Eigenlob. Sie ließ *mon cher* Marcel also immer wieder still über sich ergehen. Ihr Kopf war dabei immer gesenkt, sie blickte seitlich auf den Boden,

aber das ist womöglich eine bedeutungslose Beobachtung.

Mathilde wusste also nicht im Geringsten, dass er das alles nur für sie tat. Sie soll leiden wie ihr *cher* Marcel – vielleicht wird sie dann endlich einsehen, dass sie liebt.

*

Bei Mathildes drittem Zusammentreffen unter den Nachbarn tauchte ein Störelement auf. Lipitsch wurde gleich von ihm gestört. Schon wie er da stand, mit einem Schal um den Hals, ganz souverän, als ob man zu einem Schal auch einen Bauch haben kann, und alles ist in Ordnung und passt zusammen, als ob ein Schal auch den Bauch verdecken würde.

„Magister Professor Chemineau", wurde er ihm vorgestellt.
„Ach so? Ich wusste nicht, dass man schon mit einem Magistertitel Professor werden kann", sagte Lipitsch unschuldig überrascht, aber Mathilde glaubte nicht an seine Unschuld und intervenierte gastgeberisch:
„Nur zur Erklärung: Herr Lipitsch mag keine Menschen. Er ist ein *Misanthrop.*"
Sie betonte das Wort „Misanthrop" und lachte, als ob ihre Bezeichnung besonders geistreich wäre oder zumindest in einem Aspekt von der Definition des

Wortes, wie es im Wörterbuch stand, abweichen würde.
„Ach so, Menschen im Allgemeinen?“ bemühte sich Chemineau, die Definition zu vertiefen.
„Meistens. Aber manchmal auch im Besonderen“, sagte Lipitsch schmunzelnd, als ob er scherzte.
„Ich werde mich bemühen, Sie nicht besonders zu ärgern“, erwiderte Chemineau und nahm mit seinem Falsett an dem disharmonischen Lachduett mit Mathilde teil, das, bei einem Lachen gänzlich unpassend, viel mehr *grave* als *adagio* klang.
Wird dieser Mann jetzt ein fixer Bestandteil des Salons oder ist er nur als Gast hier?

Ach ja, der Mathilde ihr Salon … Am Anfang lachte er sie noch aus, wahrscheinlich aus Neid, weil sie es wagte, dieses nicht nur anachronistische, sondern auch prätentiöse Wort zu benutzen, das in ihm die Vorstellungen der Welten evozierte, in denen (und das bezieht sich sowohl auf die Vorstellungen als auch die Welten), in denen er sich also seiner unerschütterlichen Meinung nach besser und heimischer fühlen würde als in der Realität eines heutigen Wohnzimmers. Am Anfang hatte er sie noch ausgelacht, nachdem sie das aber, wie er neidisch feststellen musste, völlig kalt ließ, sickerte mit der Zeit das Wort Salon auch in sein Vokabular hinein. Es ist schon immer wieder erstaunlich, wie das pure Wiederholen ausreicht, Dinge salonfähig zu machen.

Beim Abendessen stand Mag. Chemineau im Mittelpunkt, weil er Franzose war, einen Schal hatte und neu war. Die Aufmerksamkeit schien ihm zu gefallen, es war klar, dass er sich auf einem vertrauten Terrain bewegte. Lipitsch erklärte sich das mit der erbärmlichen Frankophilie des Ortes, vielleicht des ganzen Landes und fügte (zugegebenermaßen etwas gezwungen) zur Erklärung hinzu, dass Mag. Chemineau auch immer wieder *neu* sein muss, abstoßend wie er ist.
„Das stimmt schon, Leute werfen uns oft vor, dass wir arrogant sind, aber ich würde nicht sagen, dass wir wirklich arrogant sind… Es kommt, glaube ich, vielmehr aus ihrem eigenen Neid und Minderwertigkeitskomplex, dass sie uns das vorwerfen."
„*Das* ist jedenfalls eine durchaus arrogante Konstatierung", kicherte Frau Malek leise, senkte ihren Kopf und hob die Schultern, wie ein verlegenes Mädchen, wie es alte Frauen oft tun.
Lipitsch hätte sie am liebsten umarmt. Mag. Chemineau hörte sie nicht, sie war unter seinem Radar, weil sie alt war und er, hingegen, war neu. Lipitsch entschied sich, einen Lachkrampf zu bekommen und schrie regelrecht:
„*Touché*, Frau Malek!"
Touché? War das wirklich nötig? Bevor jemand nach der treffenden Beobachtung von Frau Malek fragen konnte, mischte sich Mag. Chemineau ein:
„Sie sprechen auch ein bisschen Französisch, sehe ich, Herr Lipitsch?"

Und das war noch nicht alles. Es war Mathilde, die ihm einen *coup de grâce* verlieh:
„Oh ja, Herr Lipitsch macht gerade einen Sprachkurs."
Auch du, Mathilde?
Ja, sie auch. Und man konnte es ihr nicht übel nehmen; endlich bot sich ihr die Gelegenheit, sich für sein Hobby namens Oriane zu rächen; jeder hätte sie ergriffen.

Mag. Chemineau lenkte zufrieden das Gespräch auf das Essen, das ausgezeichnet war. Das zählt schon etwas, wenn es aus dem Mund eines Franzosen kommt. Essen und gleichzeitig übers Essen zu reden, das war für die versammelte Gesellschaft schon fast zu viel des Guten. Jemand fragte nach Austern. Mag. Chemineau konnte liefern. Er hatte Tipps.
„Haben Sie schon einmal Austern gekostet, Frau Schuster?"
Alle sollen einbezogen werden, warum nicht auch Frau Schuster, die Arme freute sich bestimmt. Er hatte genug Licht, um großzügig den Scheinwerfer zu machen. Er hatte brav die Namen gelernt und verwendet, Leute mögen es, wenn ihre Namen verwendet werden, wenn sie den gleichen Stellenwert, also die gleiche nominelle Stellung im Satz haben wie Austern und Frau. Ein guter Moderator war er.
Herr Nowak, der selbst nicht genug Licht hatte, sah sich gezwungen, von den Schwächeren zu stehlen

und wartete nicht auf die Antwort der Frau Schuster: „Das kann sich ja nicht jeder leisten."

„Austern kosten so circa ein Euro pro Stück", schrie Lipitsch von der anderen Seite des Tisches. Danach fühlte er sich ein wenig besser, es tat ihm gut, den wahren Preis einer Auster bloßzustellen.

Alle schauten Mag. Chemineau an, um zu sehen, ob die üble Nachrede stimmte.

„Ja, ja, sie sind nicht teuer", gab Mag. Chemineau so ungeniert zu, dass er auch noch als ‚bescheiden' oder sogar ‚volksnah' beschrieben werden konnte.

„Was auch interessant ist – ", schrie Lipitsch etwas zu laut, dafür erlangte er aber die ungeteilte Aufmerksamkeit, „Die Franzosen kennen kein Wort für ‚billig', alles ist ‚*bon marché*', ein gutes Geschäft, sozusagen", und fasste zusammen, lachend: „Es ist also immer gut, wenn etwas billig ist!"

Damit verlor er auch noch die letzte Verbündete, die er in Frau Malek gefunden hatte, denn sie fand billig auch gut.

Mathilde schlug vor, den Nachtisch und Kaffee draußen im Garten zu nehmen. Lipitsch bot sich an, beim Aufschneiden, Austeilen, Aufheizen, Ausschenken und/oder Tragen zu helfen.

„Und dieser … Magister … ist ein Freund von Ihnen?"

„Sie mögen ihn nicht …"

„Mögen ist ein hartes Wort."

Mathilde lachte.

„Geben Sie mir bitte die kleinen Teller."

Man soll Dinge mit Frauen nicht klären, während sie mit etwas Belanglosem beschäftigt sind. Sie prahlen damit, multitaskingfähig zu sein, eigentlich werden sie aber nur viel leichter abgelenkt. Sie vermitteln so den Eindruck, dass sie viele Dinge gleichzeitig machen, während sie eigentlich lediglich den einzelnen Dingen weniger Zeit und Aufmerksamkeit als Männer widmen, dachte sich Lipitsch.

Überraschenderweise erkannte er nicht, dass es sich dabei viel eher um die Abschweifungen handelte, denen sich ein Stärkerer hingibt, um Abstand zu halten und den eigenen Vorsprung zu genießen.
„Wo haben Sie ihn eigentlich kennengelernt?"
„Auf der Sorbonne."
„Was haben Sie denn dort gemacht?"
„Ich habe denn dort studiert."
Lipitsch wurde durch Mathildes grammatikalische Ausschweifung bewusst, wie impertinent seine Frage gewesen war, und er versuchte, alles wieder geradezubiegen:
„Sie haben mir das nie erzählt. Ich kann es nicht glauben, dass dieser … Mann auf der Sorbonne studiert hatte."
„Ich habe gesagt, *ich* habe dort studiert."
„Und was hat er gemacht?"
„Auch, natürlich. Aber was ich sagen will: Sie nehmen Dinge an, Herr Lipitsch, und zwar auf eine Weise, die ich nicht sympathisch finden kann …"

„Möchtest du uns helfen, Lucas?“ fragte sie lächelnd auf Französisch, als Mag. Chemineau zur Tür hereinschaute.
Es war klar, wer bei diesem Herr Lipitsch vs. Lucas, Sie vs. Du der Gewinner war.

Herr Lipitsch hoffte darauf, dass sich die Gesellschaft im Garten verstreute und die Karten neu gemischt würden, womit er wieder ins Spiel kommen konnte. Als er den Garten betrat, merkte er aber, dass die Leute weiterhin um den Mag. kreisten wie um einen Kartengeber. Prof. Kamm, der einmal ein richtiger Professor gewesen war, erwähnte Nietzsche. Mag. Chemineau war es jedoch nicht danach, etwas Neues zu erfahren. Es ging jetzt nur um ihn und darum, was er schon wusste. Seine Ausbildung war beendet, irgendwann darf man sie doch beenden und sich dem eigenen ausgebildeten Selbst widmen. „Nietzsche war nichts als ein Plagiator. Er hat alles von verschiedenen obskuren Philosophen seiner Zeit abgeschrieben und eine Collage daraus gemacht.“
Lipitsch kochte. Er war sich sicher, dass dieser Mann kein einziges philosophisches Buch gelesen hatte, ja, lesen konnte, und dass das Einzige, was dieser Mann gelesen hatte, dieser eine Satz war, den er jetzt bei jeder Gelegenheit als eigene wohlbegründete Meinung von sich gab, den er sich wie ein Mantra eingeprägt hatte, um sich die Mühe nicht machen zu müssen, sich durch einen philosophischen Text zu quälen.

Prof. Kamm versuchte erneut, seinen Punkt zu machen, aber Mag. Chemineau hatte wie gesagt bei Gott nicht vor, seine Ausbildung fortzusetzen, bis er weise war und alt aussah wie Prof. Kamm. Sein Wissen war vollkommen ausreichend, man muss bescheiden und mit Kleinem zufrieden sein, das möchte man aber dafür in großen Zügen genießen. Er unterbrach erneut den alten Prof. Kamm und gab seinen eigenen Senf dazu. Sein Senf war minderwertig, aber zumindest leicht verdaulich, also verlor er nicht an Beliebtheit. Lipitsch hatte in diesem Moment die Kraft gespürt (und sie gleichzeitig auch schon gefürchtet), Frau Malek umbringen zu können, mit einem Polster, als er sie ihrer Freundin zuflüstern hörte: „Kein Wunder, dass der junge Mann etwas hochnäsig ist, angeblich war er auf der Sorbonne."

Lipitsch zog sich mit seinem Glas zurück in die Natur des Gartens. Er suchte Zuflucht auf der Gartenbank, beim Sonnenuntergang. Eine Viertelstunde verging. Es gelang ihm fast, alles zu vergessen. Dann aber wurde er vom Mag. und Mathilde entdeckt:
„Atemberaubend, oder?"
„Oh, Herr Chemineau …"
„Lucas."
„Herr Lipitsch siezt gerne", mischte sich Mathilde ein. „Ich meine, er ist mit den meisten Leuten per Sie", erklärte sie, als Lipitsch sich von der Bank er-

hoben hatte, obwohl sein Erheben so wie das Siezen aus reiner Höflichkeit geschah und nicht aufgrund von Missverständnissen.

„Ach so?"

„Er glaubt, so die nötige Distanz besser zu bewahren." Mathilde war anscheinend dabei, alle Ventile zu öffnen. Da hatte sich offenbar viel angestaut, ohne dass Lipitsch davon vorher irgendetwas gemerkt hätte.

„Na ja, einem Menschenhasser kann man das nicht schlecht nehmen", klopfte Mag. Chemineau Lipitsch freundlich auf die Schulter.

„Übelnehmen, wollten Sie sagen."

Ui. So tief hätte Lipitsch nicht schlagen sollen. Das war ein Formalfehler. Mag. Chemineau musste sich diese schwierige fremde Sprache ganz alleine beibringen, der Arme, ohne dass ihn seine Mutter dabei unterstützt hätte, wie es bei den anderen Anwesenden der Fall war. Und er hatte es gut gemacht, sehr gut sogar. Man musste ihm für das Richtige applaudieren und ihn nicht für das Falsche tadeln. Man muss bei Mag. Franzosen nachlässiger sein als bei den Immigranten aus dem Osten und aus dem Süden, Mag. Franzosen waren schließlich auf der Sorbonne und das hatte genug Mühe und Nerven gekostet, sie müssen nicht noch dazu gefälligst korrekt sprechen. Außerdem ist der französische Akzent entzückend.

Es war höchste Zeit, dass sich Lipitsch mit eingezogenem Schwanz von dieser alptraumhaften Versammlung entfernte. Mag. Chemineau war das Alphamännchen, der das Terrain gewonnen hatte und das Weibchen für sich beanspruchen durfte.

„Es war das ultimative Selbstvertrauen, von der einzigen sicheren Festung geschützt – der undurchdringbaren Mauer der Dummheit“, schrieb Lipitsch verbittert in seinen Notizblock.

*

Der folgende Tag lag schwer auf Lipitsch. Er hielt es für möglich, dass er unter dem Gewicht auf die Knie sinken würde, in eine betende Haltung gezwungen würde, zum Beten gezwungen würde. Die andere Möglichkeit, die er in Betracht zog, war, dass er gar nicht im Stande sein würde zu beten, dass er beim Kniefall in tausende kleine Salzkörner, aus denen er momentan bestand, zerbrechen würde, und nur sein letzter Schrei würde wie eine Lampe über den Wäldern hängen, um Verirrten den Irrweg zu leuchten. Er übertrieb nicht, man kann leider nicht übertreiben, wenn die Tränen hart und trocken werden und nicht mehr fließen, dann ist alles höchstens eine Untertreibung.

Warumwarumwarum, fragte er sich – ein deutliches Zeichen der Verstandesdämmerung, das er selbst erkannt hatte, aber nicht vermeiden konnte. Warum also? War der abstoßende Franzose der, der sie anzog? Oder konnte es sein, dass er etwas falsch gemacht hatte?

Lipitschs Sorgen waren nicht umsonst. Mathilde hatte es in der Tat satt. Sie fand es nicht normal, dass er sie nach derart langer Zeit immer noch so persistent siezte. Am Anfang hatte ihr jedoch ausgerechnet das gefallen – dass er sie siezte und dass er nicht normal war, aber so sind Frauen, sie wollen, dass man sich ihretwegen ändert, sie wollen eine Veränderung, die sie bezweckt haben, sehen, schrittweise mit ein paar Rückfällen soll sie vollstreckt werden, und dann ist man ‚ihrer', und dann können die Routine und die Kinder kommen.

Die derzeitige Routine, mit der Lipitsch zufrieden schien, fand sie zu Recht unbefriedigend. Wollte dieser Mann überhaupt etwas? War er nicht vielleicht hoffnungslos verloren in seinem Ekel und seinem Irrglauben? Und die Freundinnen fragten andauernd ‚und, wie geht es mit dem Nachbarn', und sie fühlte sich von Lipitsch zurückgewiesen, weil die Freundinnen das so sahen, und sie sah es immer in ihren Augen, wie sie Dinge sahen, weil die Augen nicht nur die Seele widerspiegeln, sondern auch Dinge, und es tat ihr leid, ihnen überhaupt etwas von ihm erzählt zu haben, aber wer hatte das ahnen können, dass alles ewig so bleiben würde und er keinen Schritt machen würde. Wenn schon der Weg zum Du so lang war, dann war die Liebe unendlich weit entfernt, und sie hatte nicht ewig Zeit, sie war keine Schildkröte, die zweihundert Jahre lebt und sich Zeit lassen kann, und auch wenn sie eine gewesen wäre, wer konnte ihr versichern, dass Lipitsch kein Achilles war, der sie gar nicht fangen konnte? Sie soll ihn aufgeben und zwar sofort, denn sie verschwendet ihre kostbare Zeit mit ihm, er verdient das Ganze gar nicht, sie wirft ihre Perlen vor die Sau. Warum ist es immer so? Die Frau gibt, das Schwein nimmt oder lässt sie sogar stehen. Es ist besser, wenn sie das Ganze abbricht. Sie verliert nicht einmal etwas dadurch, sie tut sich nur einen Gefallen, er ist so unglaublich selbstbezogen, er redet und redet und stellt gar keine Fragen, und er weiß nicht einmal, was ihr Lieblingsbuch ist, wo sie arbeitet und wo sie geboren wurde und wann ihr Geburtstag ist, von wichtigeren Dingen ganz zu schweigen. Er ist selbstbezogen und deprimierend dazu. Sie wird jetzt bald eine Feier veranstalten müssen, um ihn nicht einzuladen.

So beschloss Mathilde, aus den vielen Eigenschaften, die Lipitsch hatte, die zwei auszuwählen, die sie gerade brauchte. Diese sagten genauso viel über Lipitsch aus, wie Salz und Pfeffer über das Angebot in einem Laden, aber man nimmt nie alles, man nimmt, was man braucht und was man sich leisten kann.

Mathilde konnte es sich nicht leisten, ihre kostbare Zeit zu verlieren, davon hatte sie schon in ihrer Jugend genug verloren, und wohin hatte sie das gebracht? In das jetzige, eher schon fortgeschrittene Alter. Es ärgerte sie demnach besonders, dass sie sich trotz all dem, was sie beschlossen und sich vorgenommen hatte, immer wieder ihren Lippenstift auffrischte, bevor sie zum Laden ging. Und das war nur eines der vielen ganz offensichtlichen äußeren Zeichen, die Mathilde sich selbst nicht leugnen konnte, und obwohl man den anderen gottseidank nicht alles zugeben musste, war es ärgerlich.

*

Als Mathilde am folgenden Tag mit zwei Karten für die *Winterreise* vor seiner Tür stand, konnte Lipitsch sein Glück nicht fassen.

Und ausgerechnet die *Winterreise*! Welch ein Zufall. Das einzige Stück, aus dem er zitiert hatte. (Auch das einzige, aus dem er konnte, aber das war belanglos.) Hatte sie sein Zitat damals doch erkannt? Wenn, dann war das jetzt ein Zeichen von ihr. Wenn nicht, dann war es ein Zeichen vom Schicksal. Welches dieser zwei Zeichen war begehrenswerter?

„Aber, dürfte ich fragen, warum eigentlich die *Winterreise*?“

„Das spielt halt gerade. Und Schubert ist gut, nicht?"
„Ja, ja. Kennen Sie sein Werk?"
„Ja, also … teilweise."
„Und die *Winterreise*, sind Sie mit ihr vertraut?"

So ist es oft. Ein Liebender möchte es genau wissen. Das, was er wissen möchte, nennt er unbescheiden ‚die Wahrheit', und oft fügt er noch unbescheidener das ‚nur' hinzu. Nur die Wahrheit, er möchte nur die Wahrheit wissen. Fairerweise muss man die Möglichkeit in Betracht ziehen, dass ‚nur' nicht die Wahrheit mindern möchte, sondern das, was der Liebende will. Und wenn es so ist, auch wenn nicht oft, ist der Verzicht auf Liebe zugunsten der Wahrheit schon ein großes Opfer. Wie dem auch sei, alle Liebenden wollen es wissen, und durch ihre Forschungsarbeit machen sie sich oft unattraktiv.

„Womöglich habe ich sie schon einmal gehört, ich weiß es nicht mehr. Also wollen Sie die Karten oder nicht?"

Die Karten? Sie will ihm beide geben?

Lipitsch fühlte sich gefährdet, in einen flüssigen Zustand überzugehen. Natürlich waren die Karten kein Geschenk, das hätte er wissen sollen, er hatte nichts getan, womit er sich ein Geschenk verdienen würde, und auch sie hatte mit Sicherheit ihrer

Meinung nach nichts getan, um sich mit einem Geschenk entschuldigen zu müssen.

Er versuchte die zwei Karten, die sie wie Spielkarten vor sich hielt, zu deuten. Die erste Möglichkeit war, sie hatte die Karten für sich und ihn, Mathilde und Lipitsch, besorgt, als alles noch gut war und beide unbesorgt. Jetzt, angesichts der jüngsten Geschehnisse, hatte sie womöglich ihre Einstellung ihm gegenüber geändert und wollte ihn samt Karten loswerden.

Die zweite Möglichkeit, nicht weniger bitter, war, dass sie sich mit jemand anderem, sagen wir mit einem Magister, die Vorstellung anschauen wollte, was aber Magisters Vorstellungen für den gemeinsamen Abend nicht entsprach, wir wissen ja, wie er ist, wir kennen ihn ja, den unkultivierten Hochstapler, dessen Genüsse woanders als im Kulturbereich liegen und somit Mathilde, die nachgiebige Mathilde, gezwungen war, die Karten zu verschenken, und wer war für einen Kulturgenuss besser geeignet als Lipitsch, dem alle anderen Genüsse verwehrt blieben?

Die allerletzte Möglichkeit, der Lichtblick am Ende des Tunnels, war die, dass die Karten doch immer noch für sie und ihn geplant waren, sie aber bluffte und ihn quälte und es nicht gleich zugab, um entweder die Oberhand im Spiel zu gewinnen oder aber um ihn für etwas, das sie ihm allem Anschein nach übelnahm, zu bestrafen. Darauf zu hoffen, war für Lipitsch so erbärmlich, so verzweifelnd, dass er sich dazu bereit fühlte, *all-in* zu gehen und womöglich alles zu verlieren.

*

Mathilde hatte zugesagt, Lipitsch zur Vorstellung zu begleiten. Lipitschs Gefühle waren gemischt. Wahrlich, er konnte nicht sagen, ob er sich freute, oder ob er einfach nur litt. Sie sagte zu, nachdem er sie angefleht hatte. „Ich flehe dich an, Mathilde, komm mit", war der genaue Satz. Er sagte zum ersten Mal ‚du' und ‚Mathilde' zu ihr, vielleicht war es diese Bereitschaft, sich zu bessern, was sie umstimmte. Er wusste nicht, auf welche Seite der Waagschale das Flehen zu legen war. Es war eine Gratwanderung zwischen Unterwürfigkeit, die Frauen abstößt, und verzweifelter Leidenschaft, die sie anzieht. Wenn er nur jemanden hätte fragen können! Jedenfalls hatte Lipitsch das starke Gefühl, dass er dabei war, Mathilde zu verlieren, bevor er sie überhaupt besessen hatte. Der einzige Grund für Freude war die Möglichkeit des Alleswiedergutmachens, die in den Augen eines Liebenden immer besteht.

Er fing früh an, sich vorzubereiten. Die Belanglosigkeiten der persönlichen Pflege lenkten ihn ab und verliehen ihm gleichzeitig das Gefühl, dass er sich ohne Ablenkungen brav auf die Prüfung vorbereitete.

Zwischen den engen vier Wänden seines Badezimmers, die mit der Zeit schon als Konturen seines Körpers gesehen werden konnten, verlor er das Gefühl dafür, wie die Außenwelt auf den Geruch seines Parfums, auf das Gel in seinem Haar und auf den Puder auf seinem Pickel reagieren könnte. War das Ganze störend, dezent oder unsichtbar? Alles war möglich. Er machte eine Testrunde um den Block. Er bekam ein paar Blicke zugeworfen, die er nicht deuten konnte. Naserümpfen war nicht zu beobachten.

Er versuchte, sich den Abend nicht vorzustellen, kein Gespräch zu antizipieren, keine Sätze vorzubereiten – diesen Fehler durfte er in seinem Alter nicht mehr machen. Er hatte oft genug die Erfahrung gemacht, dass ihn, wenn er Vorbereitetes lieferte, diese Gedächtnisprüfung dermaßen jeglichen Gefühls beraubte, dass er die Situation nicht mehr richtig erleben konnte; es war unmöglich für ihn einzuschätzen, ob sich seine Beiträge überhaupt halbwegs nahtlos ins Gespräch fügten, und wie sie ankamen; ob ein etwaiges Staunen sich auf den Inhalt oder aber auf seine unnatürliche Theatervorstellung bezog.
Es war jedoch ein bewusster Kampf, den er gegen seine Phantasie führen musste. Er war erschöpft.

*

Der Musik konnte Lipitsch keine Aufmerksamkeit widmen. Alle seine Sinne waren wach und auf Mathilde gerichtet. Wie fand sie die Vorstellung? Wie war ihre Stimmung? *Adagio*? *Grave*? *Lugubre*? … *Amoroso*? Nein, so darf er nicht hoffen. Er wird es in der Pause erfahren. Sie werden in der Pause über die Vorstellung reden. Auch nach seiner Meinung wird gefragt werden. Was wird er sagen? Es war ein Fehler, sich nicht besser vorbereitet zu haben, jetzt geht es um alles, man dürfe nichts dem Zufall überlassen. Was könnte man sagen? Komposition… Moll und Dur… Romantik… Weltschmerz… ein Wanderer… politische Deutungen… und so weiter. Das kriegt er hin. Wie es ihm gefällt, wird jedoch schwieriger… Wenn er seine Begeisterung äußert, während sie sich hingegen gerade langweilt, wird die Langeweile auf ihn übertragen. Möchte er das? Das möchte er nicht. Die Vorstellung wird ihm am besten missfallen. Das ist sowieso eine bewährte Einstellung allen Vorstellungen gegenüber. Wer bewundert und hinaufschaut, ist ein Kind, wer tadelt und hinunterschaut, ist erwachsen und bewundernswert. Nicht zu mögen, heißt Besseres gewohnt sein. Ja, das will er – seine Erfahrungen hochstapeln.

Mathilde jedoch fand es wunderschön. Lipitsch bewunderte ihren Mut. Sie war ihm wieder einmal überlegen.
„Du hättest die Interpretation von Balakowa hören sollen, die würde dir erst gefallen“, sagte er.

Mathilde schaute ihn an, als ob sie ihn vollkommen durchschaute. Sie schaute tatsächlich so, als ob sie hinunterschaute, obwohl er etwas größer war. Es musste an der Neigung ihres Kopfes liegen, sonst konnte sich das Lipitsch nicht erklären.
Lipitsch blieb nur noch eine Spielkarte übrig, bevor er alles verlor. Er sagte es sanft und wirr, schnell, aber mit unerwarteten Unterbrechungen, ohne sie anzuschauen:
„Um ehrlich zu sein … kann ich in Ihrer Gesellschaft nichts anderes … genießen … Sie sind vollkommen und echt, und die Kunst ist nur … ein künstliches Streben nach Vollkommenheit … und Sie sind schon vollkommen und müssen nach nichts streben, und mein Leben ist … ein Elend, weil man der Vollkommenheit nichts hinzufügen kann, nichts anbieten kann, und ich muss diesem … Leiden endlich ein Ende setzen …“ Und dann schaute er sie doch an: „Das klingt falsch, ich drohe nicht mit Selbstmord …“ Er versuchte kurz zu lachen. „Entschuldigen Sie mir bitte … alles.“
Er hatte wieder zum Siezen gewechselt, verständlicherweise. Das wäre sonst mehr an Nähe gewesen, als er vertragen konnte.
Es wäre passend gewesen, wenn an dieser Stelle die Theaterglocke zum zweiten Teil aufgerufen hätte, aber weil das Leben von Lipitsch ein Elend war, folgte eine unerträgliche Stille. Sie, Mathilde, wusste nicht, was sie sagen sollte und sagte das auch.

„Ich weiß wirklich nicht, was ich sagen soll… Das ist alles sehr unerwartet… Ich bin sehr überrascht."
„Aber Sie wussten es."
„Ich habe gerade gesagt ich bin sehr überrascht."
„Dass ich es zugebe."
„Nein, dass Sie so fühlen. Ich hatte keine Ahnung. Sie sind sehr kühl und manchmal sogar abweisend, oder nicht?"
„Und das mögen Sie?"
„Bitte?"
„Sie suchen die Gesellschaft von kühlen Leuten, die Sie unhöflich behandeln? Das glaube ich nicht. Sie wussten es. Es hat Ihnen vielleicht geschmeichelt. Aber es ist egal. Ich musste es aussprechen. Ich bin froh, dass ich es gesagt habe."

Das war der letztmögliche Zeitpunkt, in dem die Theaterglocke noch entgegenkommen hätte können. Nachdem sie aber nicht eingriff, sagte Lipitsch, er könne nicht mehr, er müsse gehen.

*

Der Brief, den Lipitsch am folgenden Tag an Mathilde schrieb, handelte offiziell von einer Entschuldigung für seine Liebeserklärung, eigentlich war es aber eine erneute Liebeserklärung, überarbeitet, aufgeputzt, auspoliert. Der Brief sollte mit seinen literarischen Qualitäten, die Mathilde sehr zu schätzen wusste, augenscheinlich zu den menschlichen Qualitäten Lipitschs beitragen und die Frau irreführen, d.h. verführen. Der Brief samt Hoffnung wurde nicht aufgegeben, sondern direkt in Mathildes Postkästchen geworfen. Lipitsch wartete. Er schaute regelmäßig, man konnte sagen zwanghaft, in seinem eigenen Postkästchen nach, ob eine Antwort gekommen war. Es war witzig, die Gefühle anderswo geäußert zu haben und dann bei sich selbst die Antwort zu suchen; aber Lipitsch war in jenem Moment für das Witzige nicht empfänglich.

Mathilde wartete so lange mit ihrer Antwort, dass Lipitsch schon fast am Verzweifeln war. Ihre wertvolle Antwort soll nicht im Rahmen des Selbstverständlichen stattfinden, sie soll im Rahmen der Agonie eine Linderung verschaffen, damit sie trotz ihrer literarischen Mängel geschätzt wird.

Mathildes Brief wurde in größter Aufregung aufgemacht. Er wurde einmal schnell und ein paar Mal langsam gelesen. Er enthielt eine Anerkennung Lipitschs Sensibilität, die berührte. Es wurde erneut versichert, dass alles eine große Überraschung war. Es wurde angedeutet, dass die Überraschung nicht unbedingt schlecht war. Es folgte eine Abschweifung, in der Überraschungen im Bereich des Allgemeinen betrachtet wurden. Der Brief war im Großen und Ganzen keine klare Antwort, sondern eine große, zum Positiven neigende Andeutung, die es schaffte, Lipitschs Hoffnung am Leben zu halten.

Die Nachbarin kannte ihn wahrlich gut. Sie hatte mittlerweile erkannt, dass für Lipitsch Etwasanderes immer anziehender war als Dasda. Sie hatte oft genug die Gelegenheit gehabt, sich seine Erinnerungen anzuhören, bei denen jeder ungewöhnliche Baum ihn an einen ähnlichen Baum aus seiner Jugend erinnerte, der noch schöner war, weil er neben der bloßen Schönheit auch eine Bedeutung hatte; und jeder schöne Satz, den sie sagte, erinnerte ihn an einen Satz in einem Buch, das wirklich schön war, weil es aller Fehler und Belanglosigkeiten des echten Lebens entbehrte. Und das war wahrscheinlich überhaupt der Grund, warum er so gerne las: Weil das Geschriebene an sich ausschließlich aus Zeichen bestand.

Was Lipitsch in seiner neuen Seligkeit nicht wusste, war der Grund, warum Mathilde so gehandelt hatte. Weder war sie zu scheu, ihre Gefühle zuzugeben, noch war es eine kalt überlegte Verführung. Sie wollte ausschließlich ihren Wert intakt lassen, der bestimmt gesunken wäre, wenn sie sich deutlicher ausgedrückt hätte, und dazu hatte sie auch jedes Recht.

*

Es hatte in der Nacht geschneit. Einfach so, obwohl schon alles blühte. Lipitsch stand in seinem weißen Garten und wünschte sich, sein Geist wäre genauso unbeschrieben und rein. Aber er verdarb sich alles selbst, auch im Schnee hinterließ er schwarze Spuren, und diese waren nicht schön. Auf einmal hörte er „Karl?“ und er drehte sich um und dann sagte sie noch: „Ich organisiere wieder ein kleines Zusammentreffen unter den Nachbarn. Ein Monat ist schon wieder um, wie die Zeit vergeht… Kommst du?“

*

Sie nannte ihn zum ersten Mal beim Namen. Der Klang kam durch beide seine Ohren getrennt hinein und räsonierte in seinem Kopf. Im Wunsch, den Moment festzuhalten, unternahm er zwei Versuche, ihn zu beschreiben.

„Noch kurz davor war ich nicht. Es war, als ob sie das Wort, das am Anfang war, gesagt hätte. Es war das Licht, und die Finsternis begriff es nicht. Und dann ist es Fleisch geworden.“

Dem folgte noch ein zweiter, ähnlich überspannter: „Sie berührte eine lang vergessene Saite, die gleich gestimmt war wie ich selbst.“

Dann aber kam er kein bisschen zu früh zum Schluss, dass jeder Vergleich entbehrlich und erbärmlich war. Hauptsache, er fühlte sich ins Leben gerufen.

Er dachte jedoch noch lange darüber nach, und man soll es ihm nicht wieder übelnehmen, es war schließlich ein Ereignis. Er stellte fest, dass ihn nur wenige bei seinem Namen nannten. Es war fast so, als ob die Menschen keine Mühe scheuten, das zu vermeiden. Schon in der Schule war er immer Lipitsch. Für die Mutter war er ihr Liebling, ihr Sohn, oder, wenn er nicht *ihr* war – junger Mann. Seine Freundinnen, sie sagten ihn manchmal schon, aber sie gaben ihm viel lieber ihre eigenen, denn er gehörte ganz ihnen und musste von ihnen daher auch eigens benannt werden.

Das müsste er eigentlich persönlich nehmen, nur wusste er nicht wie. Er tendierte Richtung ‚nicht gut'.

Ihren Namen sagte er oft, aber vor allem, wenn er alleine war. Mathilde. Manchmal sagte er ihn einfach so vor sich hin, wie man manchmal oh Gott sagt und sich nichts Bestimmtes dabei denkt. Er fand den Namen ungewöhnlich; es war unüblich, dort, wo er herkam, ein Mädchen Mathilde zu nennen; man nannte so den Tod, wenn man ihn bei einem Namen nennen wollte. ‚Die Mathilde hat ihn geholt', sagte man, wenn man Worte wie ‚gestorben' oder ‚tot' vermeiden wollte. Oh Gott, vermied man aus dem gleichen Grund etwa Lipitschs Namen? Musste Karl mit Lipitsch ersetzt werden so wie der Tod mit Mathilde? Das war bedeutsam genug. Aber Bedeutung musste sein, und damit musste er leben können.

*

Es war ihr Freitag, ihrer *beiden* Freitag, müssen wir Lipitsch zuliebe präzisieren, denn er fühlte mit zunehmender Heftigkeit, dass es zwischen sie, Mathilde, und sie, Lipitsch + Mathilde, nicht so viel Unterschied gab, wie er sich gewünscht hätte, wie gesünder wäre. Er fragte sich, ob sie, nachdem es ihr Freitag war, vor der Feier auch noch zum Kaffee kommen würde und meinte, wahrscheinlich nicht, aber das machte nichts, weil sie sich so oder so sehen würden, gleich danach machte er sich jedoch Sorgen, dass sie all die Nachbarn nur deshalb eingeladen hatte, um nicht alleine zum Kaffee kommen zu müssen, und er trauerte seinem Verstand nach, der von seinem Herzen aufs Gröbste verdrängt wurde, und ein Herz alleine sorgt nicht nur dafür, dass man die Liebe in vollen Zügen genießen kann, sondern sorgt sich viel zu viel.

Trotzdem war er glücklich, Mathilde an dem Tag auf jeden Fall noch sehen zu dürfen. Er hatte ein Geschenk für sie vorbereitet. Ein schönes Buch, ein sensibles Buch, das ihn sehr angesprochen hatte, obwohl es natürlich ungemein anspruchsvoll war, aber so ist alles wahrlich schöne, du auch, Mathilde. Nein, das würde er nicht sagen. Er hatte darin schon einige Sätze unterstrichen, so wie es ihr gefiel, um sie nicht selbst sagen zu müssen. Die Widmung überlegte er sich während der letzten Stunde vor dem Treffen. Diese kleinen Sätze zu bauen, dann zu sezieren und am Ende zu verwerfen, das war eine willkommene Ablenkung von der Erwartung. Um die Spannung nicht unnötig zu verlängern: Am Schluss entschied er, dass weniger mehr ist und schrieb nur: „Liebe Mathilde, ich unterstrich ein paar Sätze für Dich. L."

Beide Dinge, die er sich vorgenommen hatte, hatte er in die Tat umgesetzt: Er konnte endlich das Wort ‚Liebe' erwähnen, in einem gesellschaftlich akzeptablen Kontext der Standardanrede, aber doch, und er zeigte, wie er ‚Dich' großschrieb. Den Reim bemerkte er leider erst, als es schon zu spät für Korrekturen war, sonst hätte er ihn mit Sicherheit vermieden.

Er war pünktlich fünfzehn Minuten zu spät, weil er gegenüber wohnte und keine Ausreden hatte. Mathilde begrüßte ihn mit einem solchen gesellschaftlichen Geschick, dass man, sogar wenn man Lipitsch war, dazu verleitet war, es ‚Natürlichkeit' zu nennen, obwohl es kein Schnüffeln oder Schwanzwackeln gab. Ihre gelassene Freundlichkeit beziehungsweise Normalität waren daran schuld, dass Lipitsch sein Geschenk plötzlich als etwas Komisches empfand.

Als es an der Zeit gewesen wäre, das unterstrichene Buch zu überreichen, also gleich bei der Begrüßung, konnte er sich nicht dazu bringen: Ihm wurde plötzlich bewusst, dass es nicht nur das Ergebnis war, das zählte, sondern auch der Weg, der dazu geführt hatte. Dieser Weg war nicht nur lange, wie beispielsweise bei einer geschenkten Erdbeere, sondern auch viel zu tätig. Eine Erdbeere wächst von allein, er hingegen hatte jeden Strich selbst gemacht, ein ganzes Buch lang.

„Ach, ich habe die Weinflasche vergessen, es tut mir leid, ich bin gleich wieder zurück."
„Geh, mach dir keinen Stress, wir haben genug zu trinken, komm bitte herein."
„Es ist mir aber unangenehm, mit leeren Händen zu kommen."
Und Mathilde nahm ihn an der Hand und zog ihn in den Salon hinein. Die Hand, die noch kurz davor leer gewesen war, war kurz danach voll mit Mathildes Hand. Ja, es war zweifellos eine Zäsur, die davor von danach trennte, Lipitsch spürte sie in all ihrer Schneidigkeit. Um sich davon zu erholen, nahm er in die besagte Hand ein kaltes Glas und zog sich in die Menge zurück.

Das Klavier, das im Salon stand, war selbstverständlich ein Konzertflügel. Mathilde sagte immer, wenn ein Gast ihn bemerkte, und er war schwer zu übersehen, sie spielte ‚ein bisschen'. Der Gast verstand die Bemerkung als Ausdruck falscher Bescheidenheit, sagen wir lieber damenhafter Bescheidenheit, weil sie angenehm war, und zwang sie ein bisschen zu spielen. Sie wollte nicht, und die Überzeugung, Mathilde spiele ausgezeichnet Klavier, blieb intakt. Jeder weiß, dass, wenn man nicht reich ist, man ein guter Klavierspieler sein muss, um einen Konzertflügel zu besitzen. Wenn man nur mäßig spielt, hat man aus Kosten- und Rücksichtsgründen ein Yamaha E-Piano. Nicht Mathilde. Sie scheute keine Kosten, spielte aber aus Rücksicht dann gar nicht.

An den Abenden, an denen sie ‚empfing', wie Lipitsch sich lustig machen würde, machte sich das Klavier endlich bezahlt. Es fand sich immer jemand, der passabel eine Melodie vorspielen konnte, was immer unterhaltsam ist, weil es ein Ereignis ist. Außerdem diente es so regelmäßig nicht nur als willkommene Gesprächspause, sondern auch als Gesprächsstoff danach.

Diesmal war es kein Frank Sinatra, diesmal durfte man sich glücklich schätzen: Harald spielte Rachmaninov. Ein schwieriges Stück, man hielt den Atem an und hielt ihm die Daumen.

Es passiert sehr oft, dass Amateur-Pianisten, die gerne Klavier spielen aber dem doch nicht ihr ganzes Leben widmen, trotzdem einen gewissen eitlen Ehrgeiz entwickeln. Sie setzen sich die Messlatte hoch, zu hoch. Kleine Stücke, die sie schön und fehlerfrei spielen könnten, wollen sie nicht vorführen – das kann doch jeder. Sie wollen mit Meisterwerken verführen. Sie verschwenden viel Zeit damit, kurze Passagen einzuüben, die als *pars pro toto* verstanden werden und beeindrucken sollen. Zu viel Zeit, wenn man in Betracht zieht, dass sie darauf verzichtet haben, Klavierspielen richtig zu lernen, weil es zu viel Zeit in Anspruch nimmt. Dann quälen sie sich mit der Nummer, die für sie eine Nummer zu groß ist, reden sich auf Lampenfieber aus und verabscheuen alle, die die Vulgarität besitzen, die Fehler zu hören: Fehler sind doch unwichtig, was wichtig ist, ist das grandiose Ganze, allem voran aber natürlich die fehlerfreien Passagen, sie sollen doch selbst versuchen, sie zu spielen, kläglich werden sie scheitern!

Sie mögen scheitern, aber es nicht zu versuchen, spricht doch für sie. Man kann die Welt nicht ändern, Leute merken Fehler, Leuten ist das Makellose mehr wert. Nur die Perfekten dürfen die Meute verabscheuen. Spiel doch noch einmal, aber diesmal ein leichteres Stück, Harald, sagt er immer. Dann wird niemand was auszusetzen haben, und es ist ja viel schicker, den Leuten, die dich bewundern, Geschmack abzusprechen, als denen, die dich kritisieren.

So denunzierte Haralds Freund den eigenen Freund bei Lipitsch. Lipitsch hörte gebannt zu und grübelte sofort darüber nach. Wollte dieser Mann ihm unterschwellig mitteilen, dass Mathilde eine Nummer zu groß für ihn war? Merkte man trotz all seiner Bemühungen sein übermäßiges Interesse an der Gastgeberin? Machte er eine klägliche Figur eines Verliebten? Noch dazu eines solchen, der nur ein *pars* von Mathilde beherrschen lernte, das des Kaffeegesprächs, das, virtuos wie es klingen mag, noch lange nicht *toto* war? Nein. Lipitsch wäre überrascht gewesen zu hören, dass sich nicht alles um ihn drehte – Haralds Freund sprach in der Tat über Harald. Im Moment war es jedoch so, dass Lipitsch wie alle Erdbewohner vollkommen selbstbezogen war, obwohl er sich dabei nur um die Mathilde drehte, die für die Sonne stand.

„Ich singe Montand, wenn du mich begleitest, Harald!“ rief Haralds Freund aus und verließ Lipitsch. Herr Schuster kam, um Lipitsch zu begrüßen. „Ich glaube nicht, dass Harald gerne begleitet…“, meinte er dann. „Sein Freund sollte das schon wissen.“
„Aber, egal wie oft er singt, und Harald ihn begleitet, wir nennen ihn weiterhin immer nur ‚Haralds Freund‘, ist das nicht merkwürdig?“ lachte Lipitsch gezwungen.
„*Er* ist merkwürdig“, machte es sich Herr Schuster leicht, wie schon so oft, und beide lachten. Lipitsch schaute sich nach Mathilde um, um zu sehen, ob sie

es mitbekommen hatte, wie köstlich er sich amüsierte. Sie hatte es mitbekommen.

„Es freut mich, dass Mathilde wieder geselliger geworden ist“, meinte Herr Schuster dazu. „Nach ihrer Scheidung hat sie sich zurückgezogen, es war bedauerlich für uns alle!“

Und Lipitsch war kurz sprachlos. Natürlich wusste er von ihrer Scheidung, das war nicht der Punkt. Der Punkt war, er glaubte auf einmal, in aller Klarheit zu sehen, dass sie das alles für ihn, für Lipitsch alleine tat… Um ihm ihren Geschmack zu zeigen, um ihn zu beeindrucken, um ihm die Kleider vorzuführen, die sie nicht anziehen konnte, wenn sie sich zu zweit trafen, denn solch überspitzte Gesten durfte sie nur machen, wenn zumindest ein Hauch von Zweifel bestand, dass sie vielleicht jemandem anderen zu Ehren ausgeführt wurden.

Und Lipitsch fühlte sich auf einmal glücklich. Am Anfang war der Name und dann die Hand und jetzt noch … das. Die Welt. Er spürte eine unnennbare Hoffnung – das ist die Art Hoffnung, die am besten belebt, und sprach folglich viele Leute mit einem Eifer, der ihm nicht eigen war, an. Dabei blieb er den ganzen Abend lang auf der Lauer. Aus dieser oder jener Ecke verfolgte er aus dem Augenwinkel jede Bewegung, die Mathilde ausführte – natürlich aus dem sicheren Versteck eines Gesprächs. Endlich fühlte *er* sich wie eine Spinne, endlich war Mathilde die Beute. Er lachte viel, weil es gut ankam. Man zeigt auf die bescheidenste Art und Weise, dass man glücklich ist, wenn man das Lustige sieht. Darüber hinaus ist man anziehend, wenn man strahlt.

Auch Mathilde näherte sich allmählich, um mitzulachen. Eigentlich war es ihm nicht ganz recht, dass sie ihn störte, während er sein neues Glück in vollen Zügen auskostete; sie war schließlich die Einzige, die es gleich auch zu zerstören vermochte. Er fühlte, dass in jenem Moment alles vollkommen war, und alles mehr und alles weniger würde das Gleichgewicht zerstören. Er war sicherheitshalber präventiv kurz angebunden, ohne auffällig unhöflich zu sein, sie sollte so schnell wie möglich wieder verschwinden. Sie tat es auch, aber sie kam wieder. Dreimal musste er diesen Vorgang wiederholen.

„Bis zum nächsten Freitag?“ fragte sie beim Abschied.
„Komm früher.“
„Früher?“
„Morgen?“
„Passt. Also … Bis morgen.“

*

Fünf aufeinanderfolgende Tage hatten sie sich getroffen. Er hatte sie, er hatte sie nicht verloren.

Er fing an, ausschließlich tagebuchartige Notizen zu machen. Davor mangelte es ihm abwechselnd entweder an Geduld oder an Mut, die Geschehnisse des Tages schriftlich zu wiederholen, jetzt aber war das zur abwechselnd bitteren und süßen Notwendigkeit geworden.

Manchmal ließ er jedoch das Wichtigste aus den Beschreibungen aus. Manchmal wollte er nicht, dass etwas, das sich mittels Mathilde gerade wunderlich manifestierte, seine Bedeutung in einer Beschreibung verlieren würde, einem Spiel des Lichts und Schattens oder einem Blumengeruch ähnlich.

*

Mich verstehen so wenige, Mathilde. Nein, nenne mich bitte nicht wieder überheblich. Ich meine nicht, weil ich zu fortgeschritten oder zu komplex sei, nein. Die Leute verstehen schon, was ich sage, nur mich, den Sagenden, begreifen sie nicht. Und dann erhebe ich meine Stimme, unbewusst, ich meine, es wird mir nur viel später bewusst, wenn ich erschöpft und heiser werde, und das ist schon ein Symptom, ich meine jetzt nicht die Heiserkeit, sondern das Lautwerden. Es zeugt davon, dass ich eine große Distanz spüre, die ich zu überwinden suche. Mit dir rede ich leise. Verstehst du mich, Mathilde? Ich habe das Gefühl, du verstehst mich ganz. Du bist die Einzige.

Oder

Die meisten Menschen sehe ich als Zimmer, Mathilde. Manche sind eng, so eng, dass man Platzangst bekommt, manche voll Kanten und Ecken, an denen man sich ständig anstößt, manche altmodisch eingerichtet, übermäßig mit Porzellanvasen ausgestattet, die drohen, bei der kleinsten Unachtsamkeit, bei der kleinsten unüberlegten Bewegung auf den Boden zu fallen und zu zerbrechen, manche ganz normale Zimmer, die aber unaufgeräumt und staubig sind, manche hotelartig nichtssagend, viel frequentiert, allen zugänglich, manche hingegen mit Souvenirs überladen, die keine leere Stelle für den eigenen Porzellanhund freilassen. Manche, die allerschlimmsten, sind Wartezimmer, die nur mit Automagazinen und Seitenblicken zerstreuen können. Die meisten sind Ikea.
Du, Mathilde, bist wie eine unendliche, grüne Wiese, auf der man sich austoben kann, während man die eigene Natürlichkeit verspürt...

Und Lipitsch freute sich, sich auf eine Weise äußern zu können, die Mathilde ganz offenkundig sehr nahe kam, jedoch trotz aller verständlichen Befürchtungen nicht dazu führte, dass sie den Sicherheitsabstand suchte. Er fühlte, er durfte endlich eine Rolle annehmen, die er immer schon sehr anziehend fand, die aber selten vergeben wird – die des Verführers.

So wollte Lipitsch wie alle Verliebten zum ersten Mal in seinem Leben das Jetzt in die Ewigkeit verlängern. Wie kann ein Lipitsch die Ewigkeit anstreben? Schrittweise, denkt er sich. Währenddessen wird das Körperliche für später aufgehoben, momentan darf nichts geändert also gefährdet werden.

*

Ihr Ohr war teuer, eine Perlenmuschel. Der Perlenohrring steckte wie eine Bestätigung in ihm. Eigentlich aber, wir wissen es alle, war Lipitsch selbst die ausgesonderte Perle. Seine Reden glänzend, weil sie sie verstand. Seine Gedanken rund, weil sie sie nicht unterbrach – wie konnte sie nur, sie war seine Mutter, die Perlmutter, sie machte ihn zu dem, was er war, und er war ganz in ihr, vollkommen in ihr, könnte man sagen. Es werden oh so viele Frauen zu Müttern! Durch Liebe wird dieser Werdegang in Gang gesetzt, Liebe ist daran schuld, dass sich eine Frau zu dicser Aufgabe bereit fühlt und auch tatsächlich bereit ist, sich aufzugeben.

Natürlich war Mathilde dabei nicht ganz zufrieden, aufgegeben wird nur ein Brief, hatte sie sich die ganze Jugend lang eingeredet. Aber sie war diejenige, die das Ohr hingehalten hatte, selbst schuld, wenn die Zeugung jetzt dadurch erfolgt war, und Lipitsch in ihr war statt umgekehrt, aber was hätte sie tun können?

Der Mund, so sehr sie ihn auch zu betonen versuchte, ja rot unterstrichen, hatte ihn anscheinend nicht im Geringsten gereizt, dachte sie.

Aber so sind Frauen. Sie bieten an, wenn man dankend abzulehnen versucht, drängen sich auf, und wenn man letztendlich doch nimmt, fühlen sie sich ausgenutzt und durchaus berechtigt, Undankbarkeit & Co. vorzuwerfen. So war es mit dem Ohr, so wäre es mit den Lippen. Zumindest ist es schön, wie er redet… So reden nicht viele.

*

Am sechsten Tag hatte Lipitsch plötzlich etwas vorzuwerfen, und es war das erste Mal, dass er es wagte, in der Tat einen Vorwurf zu machen. Um ehrlich zu sein, nur damit die Reichweite seiner Unverfrorenheit deutlich wird, hatte er nicht einmal das Gefühl, dabei besonders mutig gewesen zu sein; der Vorwurf kam ihm spontan über die Lippen: Er sei der Einzige von den Beiden, der seine Zuneigung äußert. Er machte ein gekränktes Gesicht, begleitet von einer Geste der Verzweiflung, derer Amplitude (vielleicht zu Unrecht) eine einstudierte Theatralik vermittelte.

Aber… äußert sie sie nicht mehr als deutlich, indem sie freiwillig ihre Freizeit mit ihm verbringt?

Nein, eigentlich möchte man es ab und zu auch hören, meinte Lipitsch.
Sie hingegen meint, dass die Sinne keinen Sinn machen, wenn sie erzählt werden. Ja, sie können nicht erzählt, sie müssen gelebt werden, und sie kann ihre Gefühle ihm gegenüber genauso wenig in Worte fassen, wie sie ein Stück Musik nicht so beschreiben kann, dass er es hören könnte, oder ein Stück Brot so, dass er es schmecken könnte.

Um auszuweichen beherrschte sie das Verbale aber ausgezeichnet, nur an Musik, Brot und Liebe haperte es! Immerhin gab sie zu, dass sie fühlte …

*

Man fing an, Mathilde ab und zu, in gewissen Zusammenhängen, mit gewissenlosen Absichten, Frau Lipitsch zu nennen. Lipitsch war verzweifelt und aufgebracht. Er fühlte, man hatte ihm sein privates zerknittertes Gefühl aus der Brusttasche gestohlen, entfaltet und an die Pinnwand gehängt.

Aber das war alles nichts Besonderes. Das einzige halbwegs interessante Ding bei der Sache war, dass Lipitsch sich wunderte, wie man auf das Ganze gekommen war; wie man die Wölbung in seiner Brusttasche bemerken konnte. Er dachte nämlich, er hätte seine Gefühle sorgfältig versteckt. Er war von

Mathilde immer nur mittelmäßigig begeistert, wenn das Wort auf sie kam. In Gesellschaft widmete er ihr nicht mehr Aufmerksamkeit als allen anderen, eher weniger.

Die Liebe ist halt blind, blind wie ein Strauß. Sie steckt ihren Kopf in den Sand, um in Dunkelheit mit Sand unter den Augenlidern besser träumen zu können. Sie sieht nichts, was rund um sie passiert, und ist hingegen auch überzeugt, dass man nichts von der ungeheuren Masse, die mit Federn geschmückt auf der Oberfläche bleibt und uns ins Auge sticht, wahrnimmt…

*

Nachdem sich *Jetzt* als gar nicht pflegeleicht und viel schwerer zu halten als erhofft erwies, beschloss Lipitsch, doch den Schritt Richtung Zukunft zu wagen, bevor sich die Tür unwiderruflich schloss, und er in einem faulenden Jetzt gefangen sein würde. Dieser Schritt schien machbar, denn er war vorstellbar. In jedem Moment war Lipitsch nur durch eine Entscheidung von ihm getrennt: Die Hand auf Mathildes Hand zu legen, wäre ein Beispiel, eine rein muskuläre, ganz und gar nicht anspruchsvolle Bewegung. Mathilde schien sich jedoch ihrerseits, wie auf ihn abgestimmt, regelmäßig um einen Schritt zu entfernen.

„Es ist schon witzig", meinte Mathilde am siebten Tag, als sie wieder Kaffee tranken, „wie man den Wert seiner Mitmenschen bestimmt …"

„Wie bestimmt man denn den Wert seiner Mitmenschen?" wollte er wissen.

Er achtete darauf, eine gewisse Nonchalance zu übermitteln, also lehnte er sich zurück, die Arme nonchalant über die Couchlehne ausgebreitet und den rechten Knöchel nonchalant auf das linke Knie abgelegt. So camouflierte er sich, wenn er auf der Lauer war. Gebannt wartete er auf die Formel, mit der er endlich seinen eigenen Wert berechnen konnte.

„Na ja, nicht wirklich anhand ihrer Qualitäten, oder?"

„Nicht?" fragte er, Angst sorgfältig unter Hohn versteckt.

Das war seine einzige Hoffnung, sich auf seine Qualitäten verlassen zu können, Qualitäten hatte er ja.

„Wie denn sonst? Du meinst doch nicht, dass, wenn die Nachfrage groß ist, der Wert steigt?"

„Nein, nein! Natürlich nicht. Wir sind doch keine fünfzehn mehr …"

„Also dann?"

„Schwer zu sagen …"

„Gib mir ein Beispiel."

Lipitsch meinte, Frauen geben lieber hundert Beispiele, bevor sie versuchen, eine Theorie zu entwerfen.

„Es gibt zum Beispiel Leute, die mit guten Karten verlieren, und die, die mit schlechten Karten gewin-

nen. Man wird nicht nur anhand von seiner Hand zum Gewinner. Man muss taktisch versiert sein, die Mitspieler miteinbeziehen; einen schwachen Spieler spielt man anders aus als einen starken …"
„Schön hast du das erklärt. Jetzt ist alles klar", meinte Lipitsch lächelnd.
„Du brauchst immer für alles Beispiele! Warum musst du so unnachgiebig im Konkreten stecken?"
„Nein, nein. Ich brauche bei Gott keine Beispiele, ganz im Gegenteil. Ich bevorzuge immer beispielsichere Theorien. Ich dachte nur, dass du dir mit Beispielen leichter tust."
„Ach so, das ist aber sehr entgegenkommend von dir. Ja, also, beispielsweise … Georg. Georg ist gutaussehend und intelligent, er hat Stil, Geld, Ausbildung, aber trotzdem, ich weiß es nicht … Er glaubt, es ist genug, dass wir die gleichen Bücher, Filme, Städte, Lokale mögen, verstehst du, was ich meine? Er definiert sich ausschließlich durch seine Vorlieben."
Georg. Lipitsch wollte ein Beispiel, er bekam es. „Und das ist nicht genug?" fragte er noch, nonchalancehalber.
„Natürlich ist das nicht genug. Man sollte auch etwas selbst beitragen, ab und zu."
Und obwohl dieser gewisse Georg als Beispiel des Versagers herhalten musste, war die Ernüchterung, die Lipitsch erleben musste, unermesslich.

*

Zwei Tage später kam Mathilde, um Lipitsch darüber in Kenntnis zu setzten, dass sie die kommenden zwei Wochen nicht da sein wird, denn sie fährt fort. Wohin? Auf Urlaub. Wohin? In die Berge. Alleine? Nein, natürlich nicht alleine… Mit ein paar Freunden. Kennt er sie? Sie glaubt nicht. Wurden sie nie auf ihre Feier eingeladen? Nein, diese Feiern waren doch nur für die Nachbarn…
Und dieses ‚nur' wurde nicht als ‚ausschließlich', sondern als ‚nicht mehr als' verstanden und verletzend.
Hatte sie niemals von diesen Freunden erzählt?
Hatte er jemals nach ihren Freunden gefragt? Egal, sie waren großteils ihre Arbeitskollegen.
Es war kein guter Zeitpunkt um zu fragen, was sie von Beruf war.
Auch sonst war Lipitsch dermaßen ergriffen, getroffen, niedergeschmettert, dass er nur noch viel Spaß wünschen konnte.

Er nahm es natürlich persönlich. Es bestand keine Möglichkeit, dass Mathilde gerne in die Berge fahren würde, dass sie auf Urlaub fahren möchte. Außerdem fährt man nicht mit den Arbeitskollegen auf Urlaub, man ist doch nicht blöd, man fährt höchstens mit dem Liebhaber, den man aus der Arbeit kennt, auf Urlaub, das weiß jeder.

Mathilde hatte die ganze Zeit, in der sie Lipitsch an der Nase herum verführte, einen Liebhaber. Oder zumindest die Hälfte oder ein Drittel der Zeit, das war eigentlich ganz egal. Und er merkte nichts davon, vorsichtig, wie er war, den prosaischen Alltag aus ihren Treffen beim Zaun oder beim Kaffee, die in einer großen regenbogenfarbenen Seifenblase stattgefunden hatten, auszusperren. Er tat das alles nur für sie, die Blase war nur für sie aufgeblasen und regenbogenfarbig, er wollte ihr etwas Besonderes anbieten, und so dankte sie es ihm? Auf die prosaischste Art, durch einen Liebhaber!

Wie richtig seine Hypothese war, dass die Welt eine Kotkugel ist! Auch wenn von einem goldenen Skarabäus durch die Gegend gerollt … Wie richtig es war, von Anfang an zu versuchen, Mathilde auf Abstand zu halten! Und sie missachtete all seine Warnsignale, und er ist derjenige, der jetzt deswegen leiden muss? Auf der Kotkugel muss immer der Ärmste für alles bezahlen!

Vielleicht aber ist alles in Ordnung, er weiß eigentlich gar nichts, vielleicht möchte sie nur auf Urlaub fahren, vielleicht ist alles in Ordnung.

*

Sie will also auf Urlaub fahren? Er kann auch auf Urlaub fahren, Zahn um Zahn, Rache ist süß, wer als Letzter lacht etc. Nur soll sie zuerst zurückkommen, sonst merkt sie es ja gar nicht.

Der Weg dorthin war mühsam. So mühsam, dachte er, dass nur diejenigen, die von echtem Menschenhass getrieben werden, die Qualen der Reise auf sich nehmen würden. Er erkundigte sich über das Ziel gründlich im Vorhinein, man konnte ihm nichts vorwerfen. Es wurde Einsamkeit beworben. Auf den Fotos stand ein Leuchtturm, der immer für Einsamkeit steht, und sonst nichts. Es war von keinen Bars und Restaurants die Rede, wo man genüssliche Fotos machen und verschicken konnte. Er fühlte sich sicher und zog die Tatsache, dass er umworben wurde, nicht in Betracht. Dummheit kann man ihm nicht vorwerfen, denn Dumme sind immer unschuldig, weil sie nicht wissen, was sie tun.

Natürlich fand er den Strand vollgepackt vor. Warumwarumwarum er, fragte er sich hunderte Male. Und dann noch einige Male wasmacheichjetzt. Nach den anfänglichen Fragen, die man rhetorisch nennt, auch wenn nicht geredet wird, stellte er sich dann aber auch wieder eine ernst gemeinte: Nachdem es so viele beliebte, leichter zugängliche Urlaubsorte gab – war er in seinem Bedürfnis nach Einsamkeit doch nicht so allein wie er dachte?

Schattenplätze waren immerhin einige frei, und dort nahm er Schattenplatz. Auf seinem Gesicht Schatten. Er schaute sich um und stellte fest, er war eindeutig der dunkelste Mann am Strand. Dunkel sein Gewand, dunkel das Gesicht, dunkel auch die Haut, vom Schatten grau. Alle anderen lagen platt in der Sonne und arbeiteten daran, dunkel zu werden. Sie lagen knapp aneinander, wie Sardinen, und auch so ölig und auch so nackt.

Vor einer Holzhütte, die etwas entfernt stand, bildete sich eine Schlange. Es war entweder eine Bar oder ein Klo oder gleich beides. Etwas halt, das man dringend und regelmäßig überall braucht und deswegen mit einem kurzen Wort beschrieben werden muss, das mühelos und schnell über die Lippen geht und nicht so stockt wie ‚Entschuldigung', ‚Auf Wiedersehen' und ähnlich mühsame Wörter, die man für Freunde mit ‚sorry' und ‚ciao' ersetzten muss, und mit Fremden redet man sowieso nicht.

Das war jedenfalls das, was Lipitsch den Rest gab; diese Schlange und dieses knappe Beisammensein von Fremden, bei dem angesichts des Platzmangels auf die persönliche Distanzzone (eh schon so knapp auf 0,45–1,2 m festgelegt) verzichtet wird, weckte in Lipitsch alte Erinnerungen an die gefürchtete U-Bahn. Ja, alles ist gleich, nur sind die Leute hier nackt und ölig, statt nur verschwitzt, und sie liegen, anstatt zu sitzen. Damit sie gleichmäßig braun werden und sich dann in der U-Bahn von allen anderen, die noch nicht auf Urlaub waren und grün vor Neid sind, abheben. Die Bräune ist genauso ein

Symbol für Urlaub und Entspannung wie der Leuchtturm für Einsamkeit, stellte Lipitsch fast schon wütend fest. Aber was kann er machen? Gar nichts kann er machen. Augen zu und durch.

*

Der leere Sessel im Garten stand als Zeichen von Lipitschs Anwesenheit schon seit ein paar Tagen da, der Kaffeefreitag war gerade da gewesen, Mathilde nicht.
‚Wer muss sich bei wem als Erster melden? Der, der gerade vom Urlaub zurückgekommen ist, oder die andere, die auf ihn gewartet hatte, um ihn wieder willkommen zurück zu heißen?' überlegte Lipitsch, der in der letzten Zeit ständig überlegen musste, sein Gefühl ließ ihn so wie Mathilde im Stich, und er bemühte sich vergeblich, sich die Gebrauchsanweisungen in Erinnerung zu rufen, die das Gefühl ihn hunderte Male schon befolgen ließ, ohne dass die Vernunft eingreifen musste.

Schließlich läutete er an Mathildes Tür, um zu fragen, was los war. Nichts war los, natürlich, weil Mathilde eine Frau war. Er wusste aber, dass etwas los war. Hatte er etwas falsch gemacht? Falsch? Hängt davon ab, was er bezwecken wollte. Sicherlich nicht *das*. Würde sie nicht auf einen Kaffee zu ihm kommen wollen? Es ist zu spät, Karl. Es ist erst drei. Generell zu spät. Wofür? Für alles. Wieso denn jetzt plötzlich? Ist etwas passiert? Gar nichts ist passiert, eben. Eben… Alles hätte noch passieren können. Aber es ist eben nur noch das passiert, was jetzt passiert ist. Was hätte sie gewollt? Gar nichts, im Nachhinein betrachtet. Sie will gar nichts. Mathilde!

Sie kannten sich seit neun Monaten, sie duzten sich erst seit vier Wochen. Davon hatten sie sich drei Wochen nicht gesehen. Was hätte er machen sollen? Er hatte nicht geahnt, dass sie von ihm mehr als nur Freundschaft wollte. Nein, Entschuldigung, so wollte er das nicht sagen, er *traute* sich nicht zu *hoffen*. Er dachte, sie waren Freunde, er dachte, es war eine ganz besondere Freundschaft. Sie waren schon Freunde, sie waren. Und jetzt? Jetzt ist es besser, wenn sie sich eine Weile nicht sehen. Sie bricht einfach so den Kontakt mit ihm ab? Sie überschritt alle Grenzen, die er ihr anfänglich aufgezeigt hatte, und er ist jetzt derjenige, der dafür bezahlen muss? Also er meint es nicht so, nichts wird bezahlt, aber es ist äußerst komisch, wie sie handelt. Sogar vielleicht schon ein wenig auf der verrückten Seite? Ja, sie gibt es zu, es war ihre Schuld. Sie nimmt alles auf sich. Sie entschuldigt sich tausendmal. Aber Dinge ändern sich, und sie kann nichts dafür, es tut ihr aufrichtig leid. Das war es dann also. Ja, das war es. Er soll es gut machen. Sie soll es auch gut machen. Tschüss.

*

War das wirklich das Ende? Ihm war es egal, aber er hätte es gerne gewusst. Einerseits aus Neugier, anderseits aus rein praktischen Gründen. Soll er schon anfangen zu vergessen? Ihm ist eigentlich alles recht, es ist alles ihr Verlust. Sie braucht ihn mehr als er sie. Bald kommt die Reue, und dann kommen das Klingeln der Glocke und eine Entschuldigung per Essbarem. Er ist nicht ersetzbar. Keiner kann seinen Platz einnehmen.

Ach ja … Überschätzt sich Lipitsch gerade nicht gewaltig? Ein unbeteiligter Dritter würde eher sagen, dass er zu ewiger Hoffnung verdammt ist. Und ein Dritter, das kann nicht oft genug betont werden, hat immer recht. Dinge sind einfach meist so, wie sie ausschauen, sonst würden sie anders ausschauen. Die beteiligten ersten Zwei meinen zwar, ‚es ist kompliziert' und ‚ein Außenstehender kann es nicht verstehen, er kennt all die wichtigen Details nicht', und manchmal sagen sie sogar ‚es ist nicht das, wonach es aussieht' und glauben nicht, sich damit lächerlich zu machen, obwohl es zigmal schon in den amerikanischen Komödien gesagt worden ist. Es ist jedoch alles fast immer genau das, wonach es aussieht. Details sind großteils unwichtig, sonst gäbe es bessere Wörter für sie, beispielsweise ‚das Wesentliche'. Das Wesentliche ist schnell sichtbar, egal was die Poeten meinen, den Poeten ist nicht zu trauen, sie sind meistens selbstverliebt und im Unwesentlichen verloren und noch dazu dazu geneigt, auf eine Lüge zu hoffen. Nur, weil etwas von einem Poeten niedergeschrieben worden ist und mit dem, was man fühlt, übereinstimmt, heißt es noch lange nicht, dass es wahr ist, das ist eine der größten Fallen, die die Eitelkeit den Menschen stellt.

Es war also ganz verständlich, dass aus Lipitsch in der darauffolgenden Zeit ein Wartender wurde. Er wartete auf die Glocke. Die Glocke war bis jetzt nur von der einen Person betätigt worden, von der Richtigen. Es war mehr Mathildes Glocke als seine. Wenn sie klingelte, sabberte er, aber nicht wegen des Essbaren, das sie oft brachte – der Sinn ist hier etwas übertragen, obwohl es schon stimmte, dass er ihr Hund war.

Er wartete und wartete genau bis zu dem Tag, an dem Mathilde wieder ‚empfing', ohne ihn eingeladen zu haben.

Ja, Lipitsch wird noch lange leiden, aber zuerst muss er noch ein wenig hassen.

*

Sein Brief an die Nachbarin war – wenig überraschend – in einer altmodischen Schrift, die bewundert werden wollte, geschrieben. Mit Tinte. Keine Sprache eignet sich so für die Schönschrift wie die Deutsche. Man kann jedes Substantiv groß anfangen und ihm noch mehr Substanz geben. Es gab Rundungen und Windungen, hochfliegende Punkte auf j, i, ä, ü und ö, tiefgreifende j, y und g, die mit ihren Enden entschlossen gegen die Schriftrichtung schossen. Diese, zusammen mit der allgemeinen Fehlerfreiheit, vermittelten auf den ersten, naiven Blick eine verblüffende Klarheit der Gedanken des Schreibenden, sowie seine Entschlossenheit, diese auch mitzuteilen, auf den zweiten, reiferen Blick hingegen ließen sie jedoch vermuten, dass der Brief mindestens einen, wenn nicht mehrere Entwürfe als Vorgänger und Vorlage hatte.

Der Inhalt war mit der Form in vollkommenem Einklang. Das einst belächelte Wort ‚Salon' war nichts gegen manche Wörter, die in diesem Schreiben der Zeit trotzen, wie zum Beispiel Wahlverwandtschaft, Benevolenz, Affinität, Kameradschaft, Koketterie, Verrat und Desillusion.

Das Schreiben gipfelte in der Unterschrift, die keine bescheidene Verbeugung am Schluss war, wie es zu erwarten wäre, beispielsweise K. oder K.L., was er manchmal auch schon getan hatte, ohne jemals zu erfahren, wie lächerlich sie das fand. Sein Name war kurz, Karl, es gab bei Gott keine berechtigte Ausrede, ihn mit Initialen abzukürzen. Diesmal jedoch war die Unterschrift am Schluss ein Tintenfeuerwerk, das nichts mit den vorigen Buchstaben zu tun hatte, aber trotzdem zuversichtlich in ein erwartetes Muster explodierte. Mathilde wusste von der Existenz eines Schmierzettels, auf dem die Signatur hunderte Male getestet worden war.

Sie antwortete nicht, denn der Brief stellte keine Fragen. Er wollte nur einen Punkt machen, indem er alles, was geschehen war, in Frage stellte. Auch könnte man hier keinesfalls vom Anfang einer Korrespondenz reden, denn der Brief korrespondierte mit gar nichts, weder mit der erlebten noch mit der gefühlten Realität. Karl Lipitsch hatte ihn für sich selbst geschrieben. Schon für Mathilde, aber gegen sie. Damit sie glaubte, es war alles ein Missverständnis ihrerseits. Es tut ihm leid, wenn er falsche Signale sendete, er wünscht ihr alles Gute, er entschuldigt sich für die Unannehmlichkeiten, er wollte sie niemals verletzten, und er kann es nicht oft genug betonen, er wünscht ihr in der Zukunft, die leider, aber so ist es besser, ohne ihn sein wird, alles Gute.

Er hatte den Brief in ihren Postkasten gelegt und nicht zugeklebt, wahrscheinlich damit sie nicht der Versuchung erliegen würde, ihn ihm ungeöffnet zurückzugeben.

So tief aber der Hass auch in ihm verwurzelt war, ein nettes Wort von ihr hätte ihn ausgerottet. Nur wusste das Lipitsch nicht, den Tropfen Wein verschmähend.

*

Verbrauchte, verschwendete Zeit. Das war das, was ihr Lipitsch übelnahm: Die Zeit, die er für sie verbraucht, verschwendet hatte, die er nie zurückbekommen würde, um sie schlauer einsetzen zu können. Man bemüht sich, etwas aufzubauen, lange baut man daran, ein Steinchen nach dem anderen, man fühlt sich zu Recht betrogen, wenn sich herausstellt, dass alles, was man verschwendet hatte, umsonst war.

Aber Lipitsch vergaß die Formel. Genauso wichtig wie die Zeit, die man mit Bauen verbringt, wichtiger sogar, ist der Stoff. Ein Kartenhäuschen, atemberaubend wie es auch sein mag, kann nicht mit einer mittelalterlichen Festung, ja nicht einmal mit einem Plattenbau mithalten. Schön anzuschauen – ja, mit der Schönheit eines Gobelins kann es sich messen, aber vollkommen unbewohnbar.

Lipitsch rechnete. Zehn Monate waren seit jener Fahrt vom Flughafen, bei der er sie zum ersten Mal getroffen hatte, bis heute vergangen. Zehn lange

Monate, dachte er sich, lange lange Zeit, wiederholte er mehrere Male, um sich zu überzeugen, dass dies tatsächlich ein langer Zeitraum war. Was kann man alles in zehn Monaten schaffen? Ein ganzes menschliches Wesen, zum Beispiel. Einen Plattenbau. Aber nur einen halben Elefanten. Nur ein Viertel eines Studiums. Zehn Zentimeter Haarlänge. Gar nichts. Die Zeit war kurz, das Vergessen wird lang.

Aber er schuf doch ein menschliches Wesen, und das nicht nur bis zum Ansatz, wo man noch nicht sagen konnte, was daraus werden würde, sondern bis zur fertigen Frau, die an Perfektion grenzte! Sie würde da sicher widersprechen, die Megäre, aber was war sie sonst als seine Projektion? Wenn sie das nicht war, war sie gar nichts.

Je mehr er darüber nachdachte, desto fester war Lipitsch überzeugt, dass Zeit nicht messbar war. Natürlich haben wir alle eine Uhr, aber wer kann uns versichern, dass die Stunden alle gleich lang sind? Es gibt kein Gerät, das die Geschwindigkeit von Uhren misst.

Die zehn Monate mit Mathilde verliefen mit Sicherheit langsamer als zehn Monate seines Studiums. Vom Studium blieb ihm nicht viel übrig, von Mathilde blieb ihm gar nichts übrig. Sie nahm ihm alles. Er erinnerte sich an jedes Wort, das jemals von ihr kam, das heißt, dass jedes Wort längere Zeit auf ihn wirkte als all die Worte seiner Professoren, die er vergessen hatte, also verlief die Zeit langsamer.

Lange Zeit, also, lass uns sagen. Aber was den Stoff betrifft… Nichts, mit ein wenig Zufall.

*

So wie Lipitsch vorher als Liebender ständig Zeichen der Zuneigung gebraucht hatte, um sein inneres Gleichgewicht halbwegs aufrecht, d. h. waagerecht, zu erhalten, suchte er jetzt als Verlassener ununterbrochen nach Bestätigung, dass Mathilde keinen anderen hatte. Er wollte sichergehen, dass Mathilde nicht jemand besser gefiel als er, er wollte sichergehen, dass niemand ihr besser gefiel. Es machte für ihn in Wahrheit bei Gott keinen Unterschied, ob Mathilde sich einfach statt für einen anderen nur *gegen* ihn entschieden hatte, aber das begriff er nicht, von der Sprache irregeführt.

Er stand genauso oft wie davor am Fenster, nur die Hoffnung war nicht mehr von Aufregung, sondern von Unbehagen begleitet. Er fühlte sich gezwungen, die Bezeichnung für Jalousien passend zu finden. Die Wirkung des Balsams, niemanden in Mathildes Gesellschaft gesehen zu haben, war, ähnlich wie bei den Zeichen der Zuneigung, von kurzer Dauer – der Balsam musste ständig neu aufgetragen werden.

*

Ein paar Tage noch und Lipitsch konnte plötzlich nicht mehr sagen, ob nicht alles, was in dem Spalt zwischen ihm und Mathilde stattgefunden zu haben schien, allem voran die durch all die Zufälle und gelungenen Einfälle gezündeten Funken, nicht einfach die Frucht seiner, sagen wir es schonend – seiner Phantasie war. Auch konnte er nicht mehr mit Sicherheit die Größe des Spalts einschätzen. Unendlich, das war sicher, aber Unendlichkeit gibt es sowohl in Großem als auch in Kleinem. Die unendlichen Dezimalstellen einer Quadratwurzel von 2, zum Beispiel, kann man sehr schön als Diagonale eines entsprechenden Quadrats (der Länge und Höhe 1) eindämmen, während man bei der großen Unendlichkeit, die so groß ist, dass sogar ihre Potenz nicht größer ist, natürlich hilflos ist, wobei in unserem Fall Lipitsch Mathilde ja sehen konnte, er sah sie jeden Tag, also kann von unendlich groß nicht die Rede sein.

Es machte ihn verrückt, dass sie nicht nur das Recht (Rechte kann man ja leicht verletzen), sondern auch die Möglichkeit hatte, sich diesbezüglich nicht zu äußern. „Zweifel sind die schwerste Last, die man einem auferlegen kann, und unverzeihlich, wenn sie leicht zerstreut werden", schrieb Lipitsch unter anderem in seinem Brief Nummer 4, der so wie der Brief Nummer 3 unbeantwortet blieb und Lipitschs

Ressentiment ins Unendliche steigen ließ. „Schweigen ist die hinterhältigste Strafe, die man einem Freund erteilen kann“, fing er dann doch erneut an (auf die gleiche Strafe verzichtend, über dem barbarischen Zahn um Zahn stehend), bis ihm plötzlich bewusst wurde, er neigte mehr als sonst dazu, seine Gedanken in aphoristische Form zu zwingen, was er als ein Symptom, das er äußerst beunruhigend fand, deutete. Denn sobald man anfängt, Aphorismen wie am Fließband zu produzieren, ungeachtet der Tatsache, dass ihre Qualität darunter leidet, lässt es sich nicht mehr verbergen, wie unermesslich man selbst leidet.

Aufgrund seiner schon erwähnten begrenzten Vorstellungskraft wusste Lipitsch nicht, dass ihn Mathildes Versicherung, ihn, ja, einst wie verrückt geliebt zu haben, und nein, er habe sich nichts eingebildet, alles sei da gewesen, die Zufälle samt Funken, fast greifbar, aber nicht ganz, das ganze Feuerwerk habe sie in der Tat zutiefst ergriffen, sie wird es nie vergessen, aber jetzt ist es vorbei, ewiges Feuerwerk wäre weder möglich noch wünschenswert, dass ihn also eine solche Versicherung Mathildes nicht im Geringsten beruhigt hätte. Denn ontologisch ist eine falsche Vergangenheit mit einer wahren gleichzusetzen, man leidet ja an der Nichtexistenz des Vergangenen an sich.

*

War das Georg, der aus ihrem Haus kam?! Es schaute nicht nach einem belanglosen Besuch aus, der Mann schaute nach einem Georg aus. Hatte sie ihn schon gegen einen solchen ausgetauscht? Das war mehr, als Lipitsch verkraften konnte. Was wird ihm die Schlampe noch alles zumuten?

Ihre Zuneigung soll unerschütterlich sein, sie würde für immer für ihn da sein. Von der Ewigkeit sprach sie. Er sagte ihr, sie sollte solche Wörter nicht in ihren menschlichen Mund nehmen, aber sie bestand darauf. Und dann brach sie auf einmal alle ihre Versprechungen, ohne mit den Wimpern zu zucken. Und es gab kein Gericht auf der Welt, vor das er sie zerren konnte.

Er hatte über ein Experiment gelesen, das man mit Affen gemacht hatte um festzustellen, ob sie Sinn für Gerechtigkeit besaßen. Alle Affen bekamen über einen längeren Zeitraum verschiedene Aufgaben gestellt; für die Lösung von einfacheren wurden sie mit einer Gurke, für die Lösung von schwierigeren mit einer Traube belohnt.

Eines experimentellen Tages bekam ein Affe für seine Mühe eine Gurke, während alle anderen Affen für die Lösung der gleichen Aufgabe eine Traube bekamen. Voller Wut warf der Affe seine Gurke an den Kopf des Leiters des Experiments, was man als treffende Äußerung seines Sinnes für Gerechtigkeit verzeichnete.

So ist es. Lieber hat man nichts, als weniger als die anderen. Gerechtigkeit ist die Devise jeden Versagers; gegen die eigene Bevorzugung hat noch nie jemand seine Stimme erhoben, das sollte Lipitsch schon klar sein.

Er stand da, hilflos und erbärmlich mit seiner Gurke in der Hand und wusste nicht, wie er als zivilisierter Mensch handeln sollte. Er bildete sich ein, er hätte eine Wahl. Dabei gab es aber nur eine einzige Weise, auf die man als zivilisierter Mensch handeln konnte: Alles hinunterschlucken. Nichts vorwerfen. Gleichgültigkeit vortäuschen.

Es ist immer wieder erstaunlich, die Sache mit der Gerechtigkeit. Wie kommt man oder aff überhaupt auf die Idee, dass man das Recht auf Gerechtigkeit hat? War man selbst bisher so gerecht gewesen, dass man das auch für sich beanspruchen kann? Hat man selbst seine Liebe gerecht, unabhängig von der Religion, Hautfarbe, Körpergeruch und sexuellen Präferenzen, je nach Verdienst, ausgeteilt? Hat man seine Liebe auch als Liebe gegeben, so dass der andere sie als Liebe und nicht als Bedrängung, Indifferenz oder

Hass empfing? Lipitsch soll ein wenig darüber nachdenken, wenn er schon so gerne denkt…

*

Lipitsch fühlte sich in tausende Fäden eingewickelt, alle stammten von Mathilde. Alles erinnerte ihn an Mathilde und umgekehrt. Es schien unmöglich, dass er noch entfliehen könnte. Er saß regungslos wie in einem Netz da.

Nach einer ganzen Weile hörte er das tick tack tick tack tick tack von Mathildes Absätzen auf dem Asphalt. Seit Kurzem trug sie hohe Absätze, musste er mit einem Stich ins Herz beobachten. Der Absatz ein Stachel. Tick tack tick tack. Das Tempo diesmal wieder langsam. Mathildes Schuhe waren ein Metronom geworden, das die Stimmung diktierte: Langsam hieß *amoroso* für Mathilde und *triste* für Lipitsch. Langsam hieß, sie wurde von jemandem nach Hause begleitet und genoss diese Gesellschaft so, dass sie sie in die Länge zog. Spinne, Stachel, Metronom – Mathilde war vieles. Lipitsch verlor unter all den Fäden den roten.

*

Lipitsch widmete sich ganz seinem Schreiben. Auch der französische Sprachkurs, für den es keinen Grund mehr gab, wurde aus dem Kalender gestrichen, damit die Leere, grenzenlos, zurückkehren konnte. Jetzt würde er endlich wieder vorankommen können. Sie hatte ihm seine kostbare Zeit geraubt, seine kostbare Aufmerksamkeit auf sich gelenkt. Sie war ein Raubtier, sie hätte womöglich, wahrscheinlich sogar, die Menschheit eines genialen, Grenzen bewegenden Buches beraubt, wenn man sie jetzt gottseidank nicht losgeworden wäre. Jetzt wird sie vergessen werden, gründlich und vollständig. Nie wieder wird er ein einziges Wort mit ihr reden, auch wenn sie ihn anfleht, beschloss er. Er wird sich nicht von zu Hause rühren, beschloss er. Es dürfen jetzt keine Sedimente aufsteigen und die Klarheit seiner Gedanken trüben. Er wird einkaufen gehen, wenn sie in der Arbeit ist.

Und so schrieb und vergaß Lipitsch fünfzehn Tage lang mit einer unmenschlichen Ausdauer. Am sechzehnten Tag musste er in der Früh feststellen, dass ihm in der Nacht ein Stück von einem Zahn abgebrochen war.

Eins war klar: Wenn die dunkle Macht den Zahn gebrochen hatte, wird das Schweigen für sie ein Kinderspiel.

*

Nachdem Lipitsch einen neuen Zahn bekommen hatte, fing er an, Mathilde zu verfolgen. Verfolgen ist ein hartes Wort; sagen wir, er fing an, Ausschau nach ihr zu halten und seine Ausgänge den ihren anzupassen.

Seine zwei Gründe wechselten sich regelmäßig ab. Es war entweder, um mit ihr zu reden, oder um mit ihr nicht zu reden. Was das Sehen anbelangte, gab es keine Zweifel — sie nicht zu sehen war für ihn unerträglich geworden.

Manchmal sagte Lipitsch der Nachbarin ‚hallo, wie geht's', als Zeichen, dass er über sie hinweg war. Manchmal blendete er sie aus, sah durch sie, Durchsichtige, Nie-da-Gewesene, als Zeichen, dass er sie hasste. Er konnte sich einfach nicht entscheiden, ob Hass oder Indifferenz die bessere Medizin war.

Es wäre interessant zu wissen, ob es Lipitsch bewusst war oder nicht, dass er mit seinem Vorgehen eigentlich vor allem gegen das Vergessenwerden kämpfte. Die tatsächliche Materialisierung einer Erinnerung weckt diese mit Sicherheit am besten… Und so streicht man mit dem Finger über die Wunde und drückt sanft drauf, damit sie die Zeit nicht heilt.

Es war jedenfalls unbestritten, dass Verfolgen eine gute Idee und unerlässlich war.

*

Es verging noch etwas Zeit. Lipitsch verlor seine Sprache. Er verstummte nicht, nur sprach aus ihm eine andere Stimme. Darüber hinaus war sein Herz zweigeteilt. Eine Hälfte, die größere, blieb in Reih und Glied auf der Stelle, während die andere über eine der Rippen hing, schlapp und etwas kitschig wie die Uhren in Dalís Wüste. Auf diese Weise stellte er sich den Bruch seines Herzens vor, an dem er litt; ungewöhnlich für die Liebe, die lieber Zuflucht in Klischees sucht und sich bevorzugt Vorstellungen anderer Art hingibt.

Er lag im Bett, vor allem nachts. Unter den Augenlidern waren seine Augen weit offen, das fühlte er ganz genau. Er strengte sich an, die Schafe zu sehen. Dann zählte er sie. Es gab seit einem Monat nicht mehr nur fünf, wie bisher, sondern sechs: Vor einem Monat hatte Mitzi ein Junges bekommen. Es war eine schwierige Geburt gewesen. Man nannte den Kleinen Schneeball. Sein Fell war weich und warm wie Lipitschs Decke.

*

Das *fortissimo* und *staccato* von Lipitschs Stimmungen wurde allmählich zu *adagio* und *moderato cantabile.* Schöne Erinnerungen, die zugunsten der Schlechten unterdrückt worden waren, stiegen vereinzelt wieder auf. Sie holten an der Oberfläche kurz Luft und sanken zurück auf den Boden. Sie waren offenbar mehr und zäher als er dachte, nicht so leicht zu ersticken. Überrascht war er, dass die Zuneigung fortzubestehen schien. Wird Mathilde zu ihm zurückfinden? Sie könnte. Es war nicht unmöglich. Es war möglich. Der Bund war da. Zweifellos. Er konnte unterbrochen werden, aber nicht gebrochen. Er ist ewig. Der Hass ist kurzlebig. Der Hass wird überwunden werden. Auch der Hass wird wieder in der Liebe aufgehen. Alles wiederholt sich.

*

Eines Tages war es dann plötzlich passiert: Lipitsch begriff auf einmal sein Leben als Ganzes.

Es baut sich auf wie ein Satz, begriff er. Der Sinn ist auf einmal ganz da, aber so selbstverständlich wie er im Moment erfasst wird, so unmöglich kann er im Moment wiedergegeben werden. Alles geschieht im Laufe der Zeit, schrittweise, ein Wort nach dem anderen, ein Tag nach dem anderen. Wir sehen Mitte Juli eine weite gelbe Wiese und fühlen sie sofort, wir verstehen sie vollkommen und bemerken auch den Marienkäfer, der auf einem trockenen Halm vor uns hochklettert, aber zuerst müssen wir nur „die“ sagen und dann „Wiese“, und dann vermitteln wir erst, dass sie überhaupt da *ist* und erst am Schluss enthüllen wir, dass sie *gelb* ist. Und dabei haben wir den Käfer noch gar nicht erwähnt.

Er begriff weiters, dass er sein Leben nicht wiedergeben kann. Auch wenn er von der Geburt an ununterbrochen berichtet hätte, wäre davon zwar ein langer Satz geblieben, aber unendlich viele verschwiegen. Der Sinn würde jedoch ebenfalls in diesem Einen untergehen, denn in der Tapisserie des Lebens sind die Sätze, die wir aussprechen, nur ein Faden.

Er musste noch den Weg finden, die Essenz so zu extrahieren, dass das, was er plötzlich begriffen hatte, auch erzählt werden konnte. Zurzeit schien ihm das ein unmögliches Unterfangen.

*

Er dachte über all die Zufälle mit Mathilde nach. Es waren unzählige. Und er stellte fest, er *glaubte an sie*, an die Zufälle, was auch immer es bedeutete, an einen Zufall zu glauben.

Vielleicht bedeutete es zu glauben, dass sie wirklich passiert waren, dass es sie gegeben hatte. Aber die Wahrheit ist schlicht und einfach, dass im Gegensatz zu manchen anderen Sachen, die (zumindest gefühlsmäßig) existieren, obwohl man sie nicht bemerkt, die Existenz eines Zufalls nur im Auge des Beobachters möglich ist.

Und Liebende sind die besten Zufallserzeuger, weil sie Zeitweber sind, und der Zufall wirklich nur aus den Knoten in der Zeit besteht. Ihre Arbeit besteht darin, zwei getrennte Zeitpunkte, die stofflich zueinander passen, mit einem Knoten zu verbinden.

Und je verliebter sie sind, desto mehr Knoten sind möglich. Zur Handfertigkeit, für die man nicht unbedingt ein Herz braucht, gesellt sich die Kunst, und die möglichen Verbindungen werden unzählig.

Und Lipitsch webte brav weiter.

„Die Zufälle sind der Schlüssel zur Wahrheit, die Zufälle sind die Beweise", schrieb er in seinen Notizblock und hatte das Gefühl, der Anfang war ihm gelungen. Nur nichts überstürzen.

Er fing an, die Zufälle, an die er sich erinnern konnte, niederzuschreiben.

„Liebe Mathilde, danke für deine Mitarbeit", machte er bei dem *Beweis Nummer 7* eine Notiz am Rande. Notizen am Rande – das war neu. Man musste aufpassen, dass nicht ein Durcheinander entstand!
„Sich vor dem Chaos hüten!" schrieb er nieder.

*

Und plötzlich passierte es: Der enge Rahmen des Augenblicks zersprang, dehnte sich aus in beide Richtungen und auf einmal *erinnerte* sich Lipitsch seiner Zukunft…

Ja, so ist es: Das, was einmal Zukunft war, ist jetzt Vergangenheit und umgekehrt! (Und dass es nicht unrichtig klingt, auch von der grammatikalischen Seite betrachtet, dass in Bezug auf Zukunft die Vergangenheit und in Bezug auf Vergangenheit das Präsens benutzt werden, kann nur als ein weiterer Beweis verzeichnet werden…)

Alles wiederholt sich, das Leben ein Kreis; was passiert war, wird wieder passieren. Immer wieder, immer wieder. Und zwar haargenau so. Das Leben ist ewig und unveränderlich.

„In der Ewigkeit wird man für seine Sünden bezahlen müssen" – das war ihm schon früh erzählt worden. Zum ersten Mal konnte er sich jetzt diese Ewigkeit auch glaubwürdig vorstellen. Es hieß ganz einfach nur ein erbärmliches Leben immer wieder wiederholen, ohne Hoffnung auf Veränderung. Ewige Wiederholung ist die Ewigkeit. Nur so ist die Ewigkeit vorstellbar. Und Sisyphos soll man sich gar nicht vorstellen, er ist nichts als eine Gleichung, eine rhetorische Figur ist er. Sisyphos im Hades: Lipitsch im Leben. Camus hatte den Vergleich richtig angesetzt, nur nicht zu Ende ausgeführt. Er unterlag dem Denkfehler, der Tod sei das Ende. Sein Fremder wünschte sich ein zweites Leben, in dem er sich einfach nur des vorigen erinnern konnte. Die Hoffnung war vergebens, das ahnte er richtig; falsch dachte er aber, dass der ganze Mensch ausgelöscht wird, nicht nur sein Gedächtnis. Der Tod ist nur das Hinunterrollen des Steins. Und dann fängt man wieder an. Lipitschs Leiden ist nicht nur absurd wie Sysiphos', es ist auch ewig wie Sisyphos'. So ist es bestimmt. Alles fügt sich. Klarheit ist das Zeichen der Wahrheit.

*

Schauen wir uns den besagten Beweis Nummer 7 an:

Lipitsch hatte einmal einen Traum gehabt, in dem ihn Mathilde mit Darts bewarf, die ihn verletzten. Er hatte einige Erklärungen dafür, es boten sich viele an. Der Traum war jedenfalls beunruhigend und prägend. Er wunderte sich ob seiner Grobheit, denn er fühlte sich in jenem Moment Mathilde sehr nahe, sie hatte ihm gerade versichert gehabt, sich *immer* mit ihm treffen zu wollen. Die einzige logische Erklärung, die er akzeptieren konnte, war das sprachliche Spiel mit dem Wort ‚treffen'. Ein paar Wochen später kaufte er dann aber *The Waves* von Virginia Woolf und stieß auf den Satz: „*O friendship, how piercing are your darts!*“

Was für ein unglaublicher Zufall, hatte er sich damals gedacht. Jetzt wusste er, er hatte davon geträumt, weil er es einmal gelesen haben wird.

Weiters (Beweis Nummer 8) erlebte er einige Male, dass er eine erlebte Geschichte in Form einer Kurzgeschichte niederschrieb, sie der Kunst wegen mit ein paar ausgedachten Details ausschmückte und *später* herausfand, dass sie *danach* tatsächlich eintraten. Seinen Onkel, um nur ein Beispiel zu nennen, hatte er in seiner ersten Geschichte hinkend mit Krücken gemalt – sechs Wochen später verlor der Onkel einen Fuß. Lipitsch war ziemlich unempathisch verblüfft. Und das war nur ein Beispiel. Solche Geschehnisse machten ihn immer sprachlos, er traute sich nicht einmal, sich jemandem anzuvertrauen, er war sich nicht sicher, wie und ob er das im Ganzen vermitteln konnte. Er fühlte jedes Mal, dass die Öffnung seines Mundes ein zu kleiner Ausgang für so eine große Sache war. In seiner heftigen Verblüffung schwang das Pendel, das nach einer Erklärung suchte, je nach Fall vom Zufall (der damals noch bedeutungslos und unbelastet war) über die Eigenschuld der selbsterfüllenden Prophezeiung bis hin zum Aberglauben. Dieser war unakzeptabel, und es ärgerte ihn, dass er sich so persistent und schamlos wie eine Hure anbot.

Als er herausfand, Paul Auster hatte einen seiner Romane diesem Phänomen gewidmet, war er einerseits enttäuscht, dass sein Erlebnis nicht einmalig war, andererseits froh, diese unglaubliche Erfahrung mit jemandem zu teilen. Auch das wurde soeben geklärt.

Vor allem war es jetzt ein Kinderspiel, das Rätsel mancher Prophezeiungen zu lösen. Die Gabe dieser Propheten, die man Hellsichtigkeit nannte, war in Wahrheit ein außergewöhnliches Gedächtnis, das teilweise im Tod erhalten blieb.

Also was könnten all die Zufälle anderes als die Überreste der schon erlebten Zukunft sein?

Karls Theorie war wasserdicht. Es gab keine Zirkelschlüsse. Es gab keine logischen Haken, die jede Zeitreise unmöglich machen, beispielsweise Zeitmaschinen, die in einer Zeit landen, in der es keine Zeitmaschinen gibt. Keine Parallelwelten der Vergangenheit, die dadurch entstehen, indem ein Leben durch die Selbstwarnung eines späteren Ichs geändert werden kann.

Er schrieb im Wahnsinn:

„Wenn wir das Leben unzählige Male immer in der gleichen Reihe wiederholen, ist es nicht überraschend, dass wir die Erinnerungen als die Geschehnisse ‚vor jetzt' auffassen", schrieb er.

„Ich kann nichts mit *Sicherheit* vorhersagen, meine Erinnerungen werden mit jedem Tod gelöscht, was übrig bleibt sind Lichtblitze, die wir nach Belieben entweder Hellsichtigkeit, Intuition oder, wie in unserem Fall, *Zufälle* nennen. Sie sind nichts anderes als die *Erinnerungen an die Zukunft*. Ich kann es mir vorstellen, ich möchte es glauben, dass je öfter ich mein Leben wiederholt hatte, desto mehr habe ich mir davon gemerkt.

Ja, ich glaube an eine progressive Ewigkeit, die sich ausbreitet wie das Weltall und linguistische Unstimmigkeiten als Unzulänglichkeiten menschlichen Denkens missachtet. Ewigkeit geht in die Tiefe, Unendlichkeit in die Breite. Es gibt nur diese zwei Dimensionen. Es gibt keine Zeit in der Ewigkeit, kein oben und unten in der Unendlichkeit. Und wie die multiplizierte Unendlichkeit unendlich bleibt, kann man auch die Ewigkeit vermehren, ohne dass sie sich ändert.

Die Verwandtschaft, die der Liebe entsprungen war, war der Grund, warum ich mit *Ihr* gleich so vertraut reden konnte, der Schmerz, der durch die Liebe entstand, war der Grund, warum ich immer wieder versuchte, mich von ihr zu entfernen.

Dass ich dich noch unzählige Male zum ersten Mal getroffen haben werde, liebe Mathilde, bereitet mir Trost, und ich freue mich, die Hoffnung noch tausendmal behalten zu dürfen, dass meine Liebe erwidert wird (und nicht nur mein Hass)."

*

Lipitsch war glücklich. Er wusste jetzt in aller Klarheit, es gab nichts mehr, was er tun konnte. Wenn dieses Leben sein erstes wäre und sein Verlauf noch beeinflussbar, hätte er noch keine Erinnerungen, die sich durch Zufälle äußerten, gehabt. Er hatte aber einen ganzen Haufen. Und diese plötzliche Aufhebung aller anderen Möglichkeiten, der vollkommene Verlust seiner Macht, beflügelte ihn. Er konnte nichts mehr falsch machen. Das ist, was man Freiheit nennen kann. Es ist ihr Gegenteil, aber in der absoluten Freiheit können sich auch Gegenteile vereinen …

*

Lipitsch machte den Fehler, seine Theorie Mathilde mitteilen zu wollen.

Sie hatte ein paar Mal keine Zeit, und dann dachte sie, es wäre besser, wenn sie sich *nicht* treffen würden.

Lipitsch sagte: „Eine letzte Stunde kannst du mir nicht abschlagen, Mathilde. Ich verspreche dir heilig, ich werde dich nie wieder stören.“
Und dann willigte sie ein, ihm im Café Gabi eine letzte Stunde zu geben.

„Es geht dir nicht gut, Karl. Du solltest Hilfe aufsuchen“, sagte sie, nachdem er fertig war.
Klar. Damit hätte er rechnen sollen. Alle bahnbrechenden Theorien waren auf Unverständnis gestoßen, bevor sie Teil der Allgemeinbildung wurden, alle großen Geister, die ihrer Zeit voraus waren, für verrückt gehalten. Verpönt, getötet, verbrannt. Aber die Zeit *ist* rund, so wie die Erde. Die Erde war auch mal eine flache Scheibe gewesen.

Aber… Kann er seine Theorie beweisen?

Nein, natürlich kann er seine Theorie nicht beweisen, sie ist lebensüberschreitend, man müsste aus der Welt hinaustreten können, kann sie ihm da folgen? Sie kann nicht, oder? Das hatte er sich gedacht. Frauen können nie folgen.

*

Es tat schon weh, aber ihre Meinung zählte nichts, gar nichts; wie oft hatte er sie schon bei Ungereimtheiten in ihrem Denken – kann man das Denken nennen? – nennen wir es lieber Sprechen, also in ihrem Sprechen ertappt. Sie war nicht jemand, der in die Tiefe gehen konnte, nicht solide wie ein Stein, der leicht sinkt, nein, leicht wie ein Schmetterling war sie, schön anzuschauen und durchaus wichtig, sie konnte sicherlich vieles befruchten, das stand außer Zweifel, aber die Befruchtung durch einen Schmetterling geling geling gelingt immer zufällig, ohne Absicht des Schmetterlings, rein aufgrund der Begierde des Schmetterlings nach Nektar. Es weiß doch jeder, dass man einem Schmetterling keine Aufgabe anvertrauen kann, man kann ihn nur mit Nektar anlocken, und Mathilde konnte sehr schön von Mensch zu Mensch flattern und Mitgebrachtes ablegen, woraus dann ein Buch oder eine Theorie wachsen konnte, hätte können, aber selbst trug sie nicht viel bei — ein Briefträger, der nicht viel beitrug, das war sie. Mit einem Ebenbürtigen sollte er reden, mit einem Philosophen. Einem weisen… alten… Mann.

*

Er hatte seine Notizen dabei. Teilweise erklärte er, teilweise las er, eine Mischung aus lebendigen und toten Worten hielt er für sicher, nur Zeichnungen, die mehr als tausend Worte sagen, fehlten am Schluss und diese lieferte er auch noch. Alles war ihm sehr gelungen, etwas, das er als genialen Eifer empfand, leitete ihn dazu, den Stein Sisyphos so zu zeichnen, dass er in weiterer Folge als Pendel einer Uhr gesehen werden konnte und musste, koste es, was es wollte:

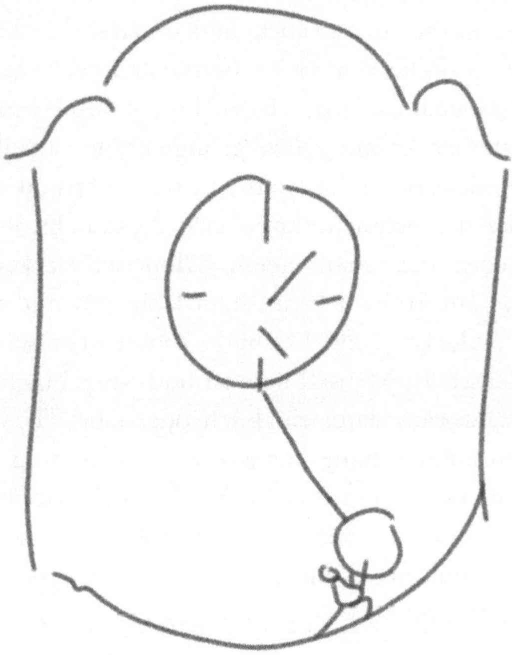

Verstehen Sie, was ich meine? war der Refrain.

„Lesen Sie Nietzsche?“ fragte Professor Kamm, als Lipitsch fertig, vollkommen fertig war.

Lipitsch sah ihn verzweifelt an. Konnte dieser Mann wirklich nichts anderes, als von Nietzsche reden? Oft

hatte er ihn verteidigt, jetzt musste er sich fragen, ob seine intellektuellen Fähigkeiten nicht doch etwas begrenzt waren, wenn sie nur auf Nietzsche begrenzt waren.
„Alles wiederholt sich, alles kehrt wieder“, sagte Kamm, Lipitsch wiederholend.
„Ja!“ rief Lipitsch begeistert aus. „Haben Sie verstanden, was ich gemeint habe?“
„Warten Sie kurz…“

Kamm kam mit einem Buch zurück, blieb einige Schritte von Lipitsch entfernt stehen und las wie ein Prediger:

„Siehe, du bist der Lehrer der ewigen Wiederkunft –, das ist nun *dein* Schicksal!
Dass du als der Erste diese Lehre lehren musst, – wie sollte dies große Schicksal nicht auch deine größte Gefahr und Krankheit sein!
Siehe, wir wissen, was du lehrst: Dass alle Dinge ewig wiederkehren und wir selber mit, und dass wir schon ewige Male dagewesen sind, und alle Dinge mit uns.
Du lehrst, dass es ein großes Jahr des Werdens gibt, ein Ungeheuer von großem Jahre: das muss sich, einer Sanduhr gleich, immer wieder von Neuem umdrehen, damit es von Neuem ablaufe und auslaufe: –
– So dass alle diese Jahre sich selber gleich sind, im Größten und auch im Kleinsten, – so dass wir selber

in jedem großen Jahre uns selber gleich sind, im Größten und auch im Kleinsten."

Kamm machte das Buch mit einem Laut der Selbstzufriedenheit zu und fügte etwas zu theatralisch hinzu:
„Also sprach Zarathustra."
„Dieses Buch habe ich nicht gelesen!" rief Lipitsch aus, ebenfalls zu theatralisch.
„Nein, *ich* habe es Ihnen vorgelesen..." erwiderte Kamm. „Verstehen Sie, was ich meine?"
Das Augenzwinkern dazu hätte er sich sparen können.

Der Beweis schien jedoch unerschütterlich zu sein, und Lipitsch war erschüttert.

*

Karl Lipitsch verbrachte noch zwei Jahre in einer Einsamkeit, die nicht vollkommen, sondern unmenschlich schmerzhaft war. Sie war ein weiterer Beweis für seine Theorie:

„Diese Einsamkeit und Ausdruckslosigkeit, in denen ich die letzten Tage verbringe, nehme ich mit mir mit, wenn ich zum Anfang zurückkehre. Gewohnheit ist ein eisernes Hemd, und es ist kein Wunder, dass ich sie erst in der Jugend wieder abschütteln kann", schrieb er.

Sein Buch war fertig.

Er beschloss (sich aller Unsinnigkeit dieses Begriffs bewusst), dem Ganzen ein Ende zu setzen, er beschloss, zurück zum süßen Anfang zu kehren. Was will man mehr, als Mathilde wieder zu lieben? Wenn es ihm gelingt, war es so bestimmt, er kann weder an seinem Leben noch an seinem Tode etwas ändern, dachte er und verspürte bei der Aufgabe seiner Freiheit unendliche Seligkeit.